novum pocket

Regina Bailer

So bunt kann Leben sein

Die Poesie des Alltags

novum pocket

Bibliografische Information
der Deutschen Nationalbibliothek:

Die Deutsche Nationalbibliothek
verzeichnet diese Publikation in der
Deutschen Nationalbibliografie.
Detaillierte bibliografische Daten
sind im Internet über
http://www.d-nb.de abrufbar.

Alle Rechte der Verbreitung, auch
durch Film, Funk und Fernsehen, fotomechanische Wiedergabe, Tonträger, elektronische
Datenträger und auszugsweisen
Nachdruck, sind vorbehalten.

Gedruckt in der Europäischen Union
auf umweltfreundlichem, chlor- und
säurefrei gebleichtem Papier.

© 2022 novum Verlag

ISBN 978-3-903382-64-0
Umschlagfoto:
Yiu Tung Lee | Dreamstime.com
Umschlaggestaltung, Layout & Satz:
novum Verlag

www.novumverlag.com

Inhaltsverzeichnis

Bettleraugen 6
Zufallskette nach einer wahren Begebenheit 9
Wiedersehen nach fünfzig Jahren 11
Saunafreude 18
Fußbad in der Kur 21
Besuch im Pflegeheim 24
Erster Klasse 26
Besuchsfreude 29
Erfüllter Augenblick 33
Begegnung 35
We shall overcome 39
Was ist Glück? 41
Ein positiv besetzter Arbeitstag 45
Engelweihnachten 48
Hundeliebe 53
Blättertanz 58
Hungerkrähe 61
Frau und Alter – ein Dialog 64
Amsel oder Krähe 71
Zwiesprache mit RömerInnen 73
Vier Uhr nachts 77
Sie räumt aus 79
Schwiegermutter – schwäbisch 82
Quellwasser 87
Dank an mein Lieblingsstück 88

Bettleraugen

Die Ohren fielen ihr fast ab vor Frost und in den Füßen schien sich die Kälte häuslich eingerichtet zu haben. Ob sie beim nächsten Spaziergang den alten Nerzmuff wieder aus der Mottenkiste hervorholen sollte? Der obligatorische Gesundheitsspaziergang war heute eher eine Pflichtübung als ein Vergnügen. Sie freute sich auf „ihre Stunde" im Anschluss, ihre Kerzenstunde mit einem leckeren Häppchen, einem duftenden Tee und dem angefangenen Buch im weichen Lesesessel. Eine gemütliche Wohnung erwartete sie, während drohende Schneewolken sich langsam über den Himmel breiteten.

Beim Einsetzen des dichten Schneefalls entdeckte sie am öffentlichen Abfalleimer vor der Kirche den stadtbekannten Obdachlosen, der im Müll nach Zigarettenstummeln oder sonstigem, für ihn noch Verwertbarem suchte. Er schwankte stark und als er sich zum Weitergehen abwandte, torkelte er im Gang alkoholisierter Menschen. Er verbreitete trotz der frischen Brise einen scharfen Geruch von Unsauberkeit und nicht gewechselter Wäsche. Er schob einen mit Tüten bepackten Einkaufswagen vor sich her, der ihm wenigstens etwas Halt zu geben schien. Waren das seine gesamten Habseligkeiten? Alles, was er zum Leben brauchte, fand auf einem halben Kubikmeter Platz. Sie machte neben undefinierbaren Bündeln eine Isomatte und einen eingerollten Schlafsack aus.

Als sei es zum ersten Mal nahm sie diesen Penner wahr. Wie mit Monsterklauen drängte sich ihr seine trostlose Heimatlosigkeit, sein abgrundtiefes Elend, seine ausweglose, verfahrene Situation auf. Wie ein Film rollten seine möglichen Lebensverläufe vor ihrem Auge ab. Sicher hatte dieses Leben doch genauso hoffnungsvoll begonnen, wie es jedes beginnende Leben, jeder Keim, jeder Same von Natur aus in sich trug. Verschuldet oder schicksalhaft diese Entwicklung? Dieser Frage wollte sie sich jetzt nicht stellen. Eine Welle dunkler Kindheitserinnerungen überschwemmte sie unvermutet: die Flucht vor den Russen 1945 im letzten Güterwagen, ostpreußische Winterkälte, verzweifelte Herbergssuche, Hunger, Angst, Überlebensversuche. Hörte das Elend denn nie auf? Siebzig Jahre später noch immer Entwurzelung unschuldig-schuldiger Menschen, noch immer das Zerbrechen einst heiler Menschenkinder, noch immer die Wirklichkeit entwürdigter und zerstörter Ebenbilder Gottes.

In schmerzender Hilflosigkeit zog sie ihren Geldbeutel hervor. Sie kam sich schäbig dabei vor. Zum Glück war ein größerer Schein darin. Sie ging auf den Gestrauchelten zu und drückte ihm das Geld in die Hand. Sie war schorfig verkrustet und so steif, dass sie den Schein kaum zu fassen vermochte. „Bei diesem Wetter muss man wenigstens von innen her warm sein", sagte sie mit mühsamer Beherrschung. „Setzen Sie sich doch in ein warmes Lokal und lassen Sie sich ein warmes Essen geben!". In grenzenlosem Erstaunen hob der Mann sein Gesicht. In die versteinerte Maske kam eine abrupte Bewegung wie das Aufschrecken aus einem bösen Traum. Ihre Blicke trafen sich. Wie geblendet schaute sie in Augen von unsagbarer Schönheit. Die Farbe der Iris war von einem Blau, als spiegele sich der Himmel in einem flachen Teich. Die schlaffen Tränensäcke und das Blut unterlaufene Weiß konnten dieses Azur nicht zum Verlöschen bringen. Für einen Augenblick erstrahlten die sonst zum Boden gesenkten Augen wie im Auflodern fast schon erloschenen Feuers durch einen Windzug. Was für wunderschöne Augen in einem vom Verfall gezeichneten Antlitz, welch ein Juwel in einem ruinierten, dahin gerafften Körper! Was mögen das für Kinderaugen gewesen sein? Was war passiert mit diesem Spiegel der Seele? Wann hatte das angefangen mit dieser Tragik?

Sie nahm ihren Blick zurück und wandte sich zum Gehen. Tränen rannen über ihr Gesicht und es war nicht von der Kälte.

Zufallskette
nach einer wahren Begebenheit

Herr Hämmerle war dem häuslichen Putzwahn seiner angetrauten besseren Hälfte entflohen und gab sich im Biergarten nicht nur der ersten Frühlingssonne sondern auch einer zünftigen „Berliner Weißen" mit einer feschen „Brezz'n" hin. Aus gebührendem Abstand ließ sich der Reinlichkeitsfimmel seiner Eheliebsten ganz gut ertragen. Heute wollte sie den vergilbten Stockflecken des Garteninventars mit Benzin zu Leibe rücken und er wusste sich für ein paar Stunden frei und ledig.

Ein Handyanruf holte ihn frühzeitig zu einer jammernden Gattin zurück, die im Bad beim Ausschütten der diversen Putzwasser ausgerutscht war und der männlichen Hilfe und des Trostes bedurfte.

Nachdem er die Verknackste liebevoll in den Lehnstuhl verfrachtet hatte und unermüdlich den unzähligen Anweisungen nachgekommen war, zog er sich genervt dorthin zurück, wo auch der Kaiser allein hingeht. Thronend auf schwäbischer Wertarbeit konnte er sicher sein, wenigstens hier ein paar ungestörte Minuten verbringen zu können. Da er die Präsenz der holden Gattin aufs Wohnzimmer beschränkt wusste, wagte er eine Übertretung des ehelichen Rauchverbots in diesem stillen Kämmerlein. Genüsslich zündete er sich eine Zigarette an und beförderte das glimmende Streichholz mit gekonnter Verrenkung hinter sich in die Kloschüssel.

Ein granatenmäßiger Knall und eine zischende Stichflamme katapultierten ihn vom Sitz. Die gute Erziehung vergessend brüllte er: „Kruzitürkensaufotz..." Und auch die folgende Suade hätte in jedem Schimpfwettbewerb der Hamburger Fischfrauen den ersten Platz belegt. Es gelang gerade noch den Klodeckel zuzuknallen, bevor er wimmernd auf allen Vieren den Schauplatz der stürmischen Ereignisse verließ, den versengten Allerwertesten krampfhaft in die Luft streckend.

Die Sanitäter waren schnell zur Stelle. Beim Abtransport auf der Rotkreuzliege gab er zähneknirschend den Tathergang preis. Der vorangehende Krankenwärter wurde daraufhin von einem unmäßigen Lachanfall geschüttelt. Er konnte die Bahre nicht mehr halten. Mit ohrenbetäubendem Krachen rammte sie sich in die Kniekehlen des Helfers, der die steile Treppe schneller als ihm lieb war kopfüber erledigte. Auch der obere Sanitäter war der Wucht dieses Sturzes nicht gewachsen. Er knickte zusammen wie ein kaputter Regenschirm, prallte ans Geländer und flog im Rückstoß auf die Bahre, die sich ungebremst dem verstärkten Abwärtstrend hingab. Die zwei Köpfe knallten gezielt aufeinander, sodass beide für kurze Zeit im seligen Elysium versanken.

Eine zweite Mannschaft sortierte das Chaos und überstellte die drei Verletzten ordnungsgemäß einer alsbaldigen Behandlung. Eine lebenslängliche Freundschaft schmiedete nach erfolgter Genesung die Unglückswürmer zusammen.

Wiedersehen nach fünfzig Jahren

Ein streitbarer Artikel in einer theologischen Zeitschrift ließ sie aufhorchen. Stil und Denkart weckten längst verschüttet geglaubte Gespräche wieder auf. Sie zuckte zusammen, als sie den Autorennamen las. Konnte es sein? Sie rechnete zurück, überlegte, prüfte, kramte in Erinnerungen, fand Passendes. Sie kam zu der Überzeugung, dass er es sein müsste, der Jugendfreund gleichen Namens. Er hatte in dieser unverwechselbar kämpferischen Weise argumentiert, diskutiert, philosophiert.

Warum schlug ihr Herz plötzlich so schnell? Warum flimmerte es vor ihren Augen? Sie holte Alben aus dem Regal und entdeckte sofort, was sie gesucht hatte: ein Gruppenbild des Kollegiums, neben ihr der jugendliche Draufgänger mit dem schalkhaften Lächeln, bei dem man nie wusste, ob es Spott oder Anteilnahme war. Sie spürte ein heftiges Kribbeln im Bauch und in der Magengrube ein Rumoren.

Gedanken flogen durch ihren Kopf wie aufgescheuchte Krähen. Sie musste die Adresse heraus bekommen, wollte Gewissheit. Aufkommende Bedenken schob sie achtlos zur Seite, jugendliche Abenteuerlust erfasste sie. Warum nicht mal unbesonnen sein? War sie zu alt für Verrücktheiten?

Sie ging ins Internet, klickte, surfte, wählte aus, verwarf. Kein Eintrag dieses Namens. Sie entnahm dem

Impressum der Zeitung Telefonnummer und Adresse und wählte mit zittrigen Händen die angegebenen Zahlen. Ausdauernd kämpfte sie sich durch Warteschleifen und Auswahlnummern. Sie fasste sich in mühsamer Geduld beim unaufhörlichen Gesäusel der Telefonstimme: „Wir sind leider alle im Gespräch. Der nächste freie Mitarbeiter ist für Sie da!". Nach endlosen Ansagen und den entnervenden Klängen einer entstellten Mozart'schen Kleinen Nachtmusik endlich die erlösende Stimme: „Was kann ich für Sie tun? – Nein, Adressen unserer Mitarbeiter geben wir nicht heraus – wir leiten aber gern Zuschriften weiter – ja, auch persönlicher Art! – Selbstverständlich vertraulich!".

Fast schon mutlos legte sie auf. Bevor sie die Courage verlassen wollte, verfasste sie kurz entschlossen einen Brief mit der Frage, ob er es sei. Sollte er doch den Umweg über die Redaktion nehmen! Ohne Zaudern warf sie den Umschlag in den Briefkasten. Backfischgefühle streiften sie und mit einem verstohlenen Schmunzeln registrierte sie, dass auch im alten Eisen noch die Glut des Feuers schlummern konnte.

Zwei Wochen später dann ein Brief mit handschriftlicher Adresse und der Botschaft, dass er es wirklich sei. Er schlüge ein Treffen vor. Sie wagte nicht telefonisch zu antworten, sie war sich nicht sicher, ob sie ihre Stimme beherrschen könnte. Sie wählte einen rosa Briefbogen – nein, wie kitschig! Oder einen hellblauen oder ein neutrales Grau? Also doch rosa. Mutig klebte sie ein Jugendbild und ein aktuelles Foto von sich auf den Briefkopf. Zwei Generationen lagen dazwischen und nicht nur die:

ein ganzes Leben mit allen Höhen und noch mehr Tiefen verbarg sich in der Zeitspanne. Er sollte vorbereitet sein auf ihr verrunzeltes Gesicht, auf die tief eingegrabenen Lebenslinien, auf das schüttere Haar.

Was erhoffte sie sich? Anknüpfen an den jugendlichen Überschwang, den scheu-sehnsüchtigen Versuch damals gemeinsame Schritte zu gehen? Oder meldete sich ein Bedauern, den verlässlichen Freund schnöde verlassen zu haben? Im Gegensatz zum späteren Ehemann hatte er der blutjungen, noch unerweckten jungfräulichen Freundin Zeit gelassen, sich zu entfalten. Sie hatte diese Zurückhaltung nicht verstanden und nicht zu schätzen gewusst und dem ungestümen Drängen des anderen Mannes nachgegeben. Ließ sich nach fünfunddreißig kummervollen Ehejahren noch etwas gut machen? Die Scheidung vor zwanzig Jahren war perfekt gelaufen und die zwei heiß geliebten Kinder waren die größte Belohnung für das mühevolle Durchhalten. Was wollte sie also noch? Konnte Wiedergutmachung ein unmöglich-mögliches Motiv sein?

Sie verbot sich grüblerisches Denken, schritt mutig zum Briefkasten und warf den Brief ein. Das leise Klacken hatte etwas Endgültiges, das zwiespältige Gefühle in ihr hinterließ. Sie hatte zum Glück durch den Postweg eine Frist, Gedanken und Gefühle, Erinnerungen und Vermutungen zu sortieren.

Nach ein paar Gedanken schweren Tagen endlich das erlösende Telefonklingeln. Eine etwas schnarrende Telefonstimme nahm die Briefformulierung auf: „Simone, bist du's? Hier ist Joachim." Hatten die unverlässlich gewordenen Ohren richtig gehört? Ihr Herz setzte kurz aus und die Stimme blieb ihr im Halse stecken. Der zweite Anlauf gelang: „Joachim!" Nur dieser Name, aber in ihm schwangen sämtliche möglichen Gefühlslagen mit. Wie lange hatte sie diesen Namen nicht mehr ausgesprochen? Wie früher half er ihr mit Sachlichkeit über die Verwirrung hinweg. „Bleibt's bei Samstag in Freudenstadt? Der Zug kommt 10.54 Uhr an, ich bin am Bahnsteig, hinteres Drittel des Zuges".

An alles denkt er: dass beim Kopfbahnsteig der hintere Teil ohne längere Wege erreichbar ist, dass die Zuglänge für Betagte zu Schwierigkeiten führen könnte. Er wollte ihr die Umstände erleichtern, der Gute! Dass das gegenseitige Erkennen vielleicht schwierig sein könnte, erwähnten sie beide nicht im Vertrauen auf ein gnädiges Geschick.

Im Regionalzug fand sie keine Ruhe. Pausenlos kramte sie in ihrer Tasche, schaute wohl zum hundertsten Male auf die Armbanduhr, verglich bei jedem Halt die Uhrzeit mit dem Fahrplan. Wie würde die Begegnung verlaufen? Ob er verheiratet war, geschieden, Single? Würden sie sich überhaupt noch etwas zu sagen haben? Lange vor der Ankunftszeit stieg sie in ihren Mantel, setzte das kesse Hütchen wohl zum zehnten Mal auf und ab und steckte es dann doch in die Handtasche. Nein, keine Schau mehr. So natürlich wie möglich! Dann hielt der Zug. Warum wurden ihre Beine plötzlich so bleischwer und ihre Arme so kraftlos? Krampfhaft hielt sie sich an den Griffen fest. Gut, dass ein freundlicher Mitreisender ihr die Wagentür öffnete und beim Aussteigen behilflich war.

Und dann sah sie ihn. War er schon immer so klein und zerbrechlich? Er stand da mit seinem weißen Haar, einem weißen kurzgeschorenen Bart um Kinn und Wangen, auch die Haare waren gelichtet, das liebe Gesicht voller Falten. Aber die Augen! Sie strahlten in fast überirdischem Glanz. Sie versank stumm in diesen Augen, bis sie sich von seinen Armen umschlossen fühlte und ihr Kopf an seine Schulter sank. Sie fühlte etwas Nasses an ihren Wangen herab rinnen. Kam das von ihm oder ihr? „Nun bist du da!" – „Ja, nun bin ich da." – „Komm, mein Wagen steht dort hinten!"

Ganz selbstverständlich fasste er ihren Arm und geleitete sie. Aber immer wieder blieben sie stehen, um den Anderen anzuschauen, zu erkennen, neu zu entdecken, Vertrautes wahrzunehmen, sich zurechtzufinden in der Landschaft des gealterten Gesichtes.

Eine kurze Autofahrt, alltägliche Fragen nach Fahrt und Anschluss und ganz nebenbei die Ansage, dass er jetzt mit seiner Schwester zusammen in einem Haus wohnte in getrennten Wohnungen. Deshalb lieber das gemütliche Café. Als Tee und Knabberzeug auf dem Tisch standen, fiel von ihm die entscheidende Frage: „Warum hast du dich damals zurückgezogen?" – „Es war der größte Fehler meines Lebens und ich habe schwer gebüßt!". – „Erzähl, ich möchte alles wissen!"

Konnte es eine Erklärung geben für etwas, das sich im Nachhinein als völlig falsche Wendung herausgestellt hatte? Doch es war gut, dass die Frage gestellt war und endlich ausgesprochen werden konnte, was Jahrzehnte lang als ungeöffnete Schatulle auf der Seele gelegen hatte.

Schonungslos berichtete sie von den überrumpelten Gefühlen, dem Sog der ersten Küsse mit dem anderen, dem fordernden Mann, der nicht warten wollte. Als der Rausch des „ersten Males" verflogen war und die nüchterne Überlegung einsetzte, war es zu spät gewesen. Sie war nicht mehr losgekommen, konnte dem Druck des resoluten Werbens nichts entgegensetzen. Das jugendliche Alter erklärte es nicht. Vieles ließ sich aus dem gelebten Leben erklären, manches blieb unauslotbar wie ein Wüstenbrunnen. So war sie in eine tränenreiche Ehe geschlittert. Aufrecht erhalten hatte sie die Verbindung nur, weil sie die Ehe damals noch als Sakrament angesehen hatte und an die Unauflöslichkeit geglaubt hatte. Sie hatte sich dem „bis der Tod euch scheidet" verpflichtet gefühlt. Und dann waren da die nun erwachsenen zwei Kinder, ein Zwillingspärchen, die Glück und Reichtum für sie bedeuteten.

Er hörte mit wunderbarer Konzentration zu und drückte nach Beendigung ihrer Lebensbeichte fest ihre beiden Hände. „Und du?", lenkte sie das Gespräch in die andere Richtung. Er war im Beruf aufgegangen, Lehramt am Gymnasium, viele Reisen und Kunstführungen. Seine Ehe wurde geschlossen, weil ein Kind unterwegs war und er zu seiner Verantwortung stand. Das Kind starb noch im Kleinkindalter und brach seiner Frau das Herz, die fortan in Depression und Lebensverneinung gelebt hatte. „Dann nahm mir der Tod, was mir eigentlich nie verbunden gewesen war", schloss er ab. Nein, Kinder habe er keine mehr gehabt.

Die alte Vertrautheit hatte sich eingestellt und wie ein wärmendes Tuch über sie beide gelegt. „Doch nun zeige ich dir meinen Lieblingsplatz. Den Aufstieg ersparen wir uns. Wir

haben genug Höhen und Tiefen zu bewältigen gehabt!",
scherzte er. Er chauffierte sie gewandt zu einem Aussichtspunkt und steuerte nach kurzem Spaziergang eine Bank an.
Überwältigt von der weiten Sicht saßen sie schweigend in
der untergehenden Sonne. Die fünfzig Jahre zerschmolzen
wie Schnee im Frühlingslicht. Er hielt ihre Hand und fuhr
Gedanken verloren die feinen Runzeln nach. Sie schämte
sich nicht ihrer Altersflecken und ließ es geschehen.

„Nächste Woche habe ich eine Herzkatheteruntersuchung.
Nichts Gravierendes. Man will die Herzrhythmusstörungen in den Griff bekommen!" – „Ja," entgegnete sie, „ich
fahre für zwei Wochen zur Kur, des Rheumas wegen". –
„Dann danach. Wir sehen uns wieder. Nun lasse ich dich
nie mehr los. Den Rest unseres Lebens verbringen wir
gemeinsam, wie immer das aussehen mag!". Eine lange,
innige Umarmung, aus der sie sich schließlich losrissen.

Den Abschied am Bahnhof gestalteten sie kurz. „Bis bald,
so Gott will!". – „Ja, bis bald!" Nur Feiglinge weinen. Sie
gestattete sich auf der Heimfahrt, ein Feigling zu sein.

Als sie nach ihrer Rückkehr aus der Kur ihre Post durchsah, fiel ihr ein schwarzgeranderter Brief in die Hände.
Sie erstarrte. Nein, das konnte, das durfte nicht sein.
Sie begann zu zittern und wagte nicht, den Umschlag
zu öffnen. Eine dunkle Ahnung verschlug ihr den Atem.
Schließlich las sie schwarz auf weiß: Joachim war tot.
Er hatte bei der Untersuchung einen Herzstillstand erlitten, war reanimiert worden, dann doch ins Koma gefallen, aus dem er nicht mehr erwachte. Zu spät! Unwiederbringlich zu spät! Zu spät!

Saunafreude

Er hält ihr mit einem Lächeln die Tür auf. Sie bedankt sich freundlich. Beide scheinen gut gelaunt, er beim Ausgang aus der Sauna, sie in Vorfreude auf die Sauna. Er bleibt stehen – die Tür in der Hand. Sie bleibt stehen – ihr Erstaunen im Gesicht. „Heut sind Sie spät dran!", lacht er. Ein Badegast drängt sich zwischen sie. Wie zwei Magnete nehmen die Augen wieder Verbindung auf. Ihr fällt der lose Blickkontakt vor einer Woche ein, das pfiffige Spiel der Augen. „Ach ja, Soft-Sauna!", erwidert sie schelmisch. „Ich dachte schon, Sie kommen nicht!", spinnt er den Faden weiter. „Doch, doch, der Sauna-Tag ist fest eingeplant!" Leute stauen sich in beiden Richtungen. „Also dann bis zum nächsten Mal!" – „Also bis dann!" Die Passage wird frei gegeben. Die Tür schließt sich. Sie vergisst den Introitus und gönnt sich vorbehaltlose Sauna-Entspannung.

Eine Woche später. Sie paddelt nach Funktionstraining und Wassergymnastik im warmen Mineralwasser herum. Aus dem Dunst heraus fühlt sie sich angeschaut. Zwei Augen bauen magnetische Spannung auf. Der Gegenpol funkt zurück. Zwei Köpfe schwimmen aufeinander zu. Der eine mit Halbglatze und weißem Schnauzbart, der andere mit ergrautem Haar und aufgeweichtem Pony. Zwei Münder verziehen sich zu fröhlichem Lachen. Sie stehen sich gegenüber. Die Köpfe bekommen Hals und Schultern. „Wie schön!". Er streckt ihr unter Wasser die Hände entgegen und schüttelt ihre Hand. Das Wasser schlägt kleine Wellen. Die Augen halten Verbindung, Hals und Schultern tauchen auf und tauchen unter, schaukeln nach rechts, schaukeln nach links, im gleichen Rhythmus, getaktet vom munteren Gespräch, das immer unbefangener wird. Mühelos plätschert die Unterhaltung hin und her. Immer wieder ein herzhaftes Lachen.

„Jetzt wird es Zeit für die Sauna!", meint sie und will sich verabschieden. „Ja, jetzt wird es Zeit für die Sauna!" Sie verschwindet in der Dusche. Er geht schon mal vor. Im Nacktbereich wartet er bereits, ein Handtuch lässig über die Schulter geworfen. Ein Feigenblatt fehlt. Auch für sie kommt die Stunde der Enthüllung. Sie hängt den Bademantel auf. Der Busen rutscht bis zur Taille. Sie wirft sich das Saunatuch über und spricht sich innerlich Mut zu: „Steh zu deinen Gegebenheiten. Er war auch bei der Auswahl seines besten Stückes sehr bescheiden!". Barfuß bis zur Stirn schreiten sie erhobenen Hauptes in die Sauna-Kabine. Auf Händen und Füßen erklimmen sie die Pritschen-Abstände bis zum obersten Niveau. „So ihr nicht werdet wie die Kindlein ...", scherzt er flüsternd. „Oder wie die Affen", kichert sie. Verstohlen entdeckt sie auch an ihm unnötiges Hautgeschwabbel. Sie legen die Handtücher zurecht, er verringert den Abstand. Dann sitzen sie nebeneinander auf der obersten Holzbank – zwei Paradiesvögel in der Mauser.

Eine Kugel von Mann watschelt herein, wälzt sich auf die mittlere Stufe. Sie erkennt neidvoll, wie sich seine Haut trotz des fortgeschrittenen Alters jugendlich straff über alle Polster zieht, während sich bei ihr ein filigranes Faltengebirge eingenistet hat, wie zerknülltes Pergament.

Eine knackige Blondine – sie könnte altersmäßig Tochter oder gar Enkelin sein – entert selbstbewusst den Schwitzraum. Alle Proportionen sind makellos, die Haut ist rosig und stramm. Mühelos schwingt sie die Beine über die verschiedenen Stufen und lässt sich malerisch auf ihrem Handtuch nieder. Das weibliche Paradiesvögelchen beobachtet die Blicke seines Nebenmannes. Fliegt auch er als Senior noch auf taufrische Jugendlichkeit? Er scheint den forschenden Blick gespürt zu haben. Ganz langsam schiebt sich seine Hand in Richtung Nebenfrau. Die Handkanten berühren sich. Sie zuckt nicht zurück, drückt leicht dagegen. Er streicht mit seinem kleinen Finger über ihren kleinen Finger. Sie signalisiert Zustimmung. Eine feuchtwarme Hand legt sich sacht auf die ihre. Es ist eine große, weiche Hand ohne Schwielen und Schrunden. „Eine gute Hand", denkt sie, „eine Beschützerhand!" Sie dreht die Handfläche nach oben. Zehn Finger verschränken sich, schließen sich, drücken sich ineinander.

So Hand in Hand sitzen sie in der wohligen Wärme. Sie müssen keine unlösbaren Welträtsel knacken, sich nicht den Kopf zerbrechen, ob Fische kitzlig sind oder warum das Wasser nass ist. Sie können einfach eine Zeit lang glücklich sein.

Fußbad in der Kur

Um kurz nach sieben Uhr hat sie beim Fußbad zu sein. Aus einer langen Reihe mit Namen beschrifteter Eimer sucht sie den ihrigen heraus und bugsiert das voluminöse Gefäß in den Anwendungsraum. Eine stramme Badeschwester stellt den Bottich auf ein Rollenbrett und befüllt ihn mit Wasser und den verordneten Substanzen. Inzwischen lässt sie sich auf einem der aufgereihten Plastikstühle nieder, postiert das Fußhandtuch zum Ein- und Ausstieg links vom Stuhl auf dem Boden und hält das Abtrocknetuch auf dem Schoß. Hier gilt eine strikte Ordnung, damit alles reibungslos verläuft und eine Kollision mit dem Nachbarn vermieden wird. Sie findet sich als eine der Ersten ein, um ein spezielles, sie stets aufs Neue erheiterndes Spektakel miterleben zu können.

Der Studienrat für Germanistik – ein ausgezeichneter Gesprächspartner im Speisesaal – hat seine stämmigen Beine bereits im monumentalen Wassereimer und genießt, die Hände über dem kugeligen Bauch gefaltet, die wohlige Erwärmung.

Da schreitet auch schon würdevollen Schrittes die vornehme Dame der Privatstation in die Niederungen der Badeabteilung. Mit einem geflöteten „Guten Morgen" belegt sie einen freien Platz mit gebührendem Abstand zu den bereits besetzten. Sie fügt sich widerwillig in die Reihe der Badenden ein – die Stirnfalte verrät es. Als der dampfende Eimer vor sie geschoben wird, enthüllt sie gequält ihre nackten Beine. Die roten Zehennägel zeugen von sorgfältiger Pflege, aber die Besenreiser und sich schlängelnden Äderchen lassen sich nun nicht länger verstecken. Verschämt lässt sie die vulgären Extremitäten im Wasser verschwinden. Ein banales weißes Handtuch wird über ihre Knie und ihren Bottich gebreitet und nichts unterscheidet sie mehr von der Gewöhnlichkeit der Mitpatienten. Das gehauchte „Danke" geht im Gruß einer Neueintretenden verloren.

Ein elfenzartes Wesen huscht herein. Die starren Rastazöpfe sind auf dem Hinterkopf zusammengebunden und gebändigt, doch die struppigen Enden umrahmen wie ein Heiligenschein das blasse Gesichtchen. Die junge Frau verschränkt die Beine unter dem Körper und harrt im Buddhasitz der Dinge. Dann versenkt auch sie ihre dünnen Beine im Wasserkessel. Genießerisches Schweigen erfüllt den kahlen, weiß gekachelten Raum.

Die meditative Stille wird abrupt unterbrochen, als in ausgelatschten Filzpantoffeln ein wohlbeleibter Badegast den Raum entert. Mit schallendem Tenor setzt er ein froh gelauntes „Grüetzi mit'e'nand und allseits ‚n guaten …!" Tag meint er sicherlich. Ein zu kurzer Bademantel lässt den Blick auf die schwarz behaarten Beine zu. Die kräftigen Muskelpakete signalisieren sportliches Wandern, vermutlich in einer echten Krachledernen. Der unternehmungslustig gezwirbelte Nasenbart und ein leicht ergrauter Vollbart lassen an einen dem Wald entsprungenen Rübezahl denken. Unbekümmert plotzt er auf den Stuhl neben der vornehmen Dame, die vor Schreck von einem gekünstelten Husten überfallen wird. Die Blicke des Waldschrats schweifen mit unverhohlener Lebensfreude zum strammen Hinterteil der oft gebückten Schwester. Man ahnt seine mühsam gezähmte Lust, seine Hand auf den wohlgeformten Rundungen zu platzieren. Mit gewohnter Routine breitet die Badeschwester das Handtuch jedoch über seine Knie und quittiert das frivole Augenzwinkern mit gleichmütiger Freundlichkeit. Das nächste Objekt des jagd-freudigen Patienten ist das Rastamädchen, das jedoch in stoischer Ruhe seine Annäherungsversuche abblitzen lässt.

Im Minutentakt fällt der Blick der vornehmen Dame auf die Uhr und man spürt, wie sie die Minuten zählt, bis dieser unangenehme Auftritt beendet werden kann. Ihr Nebensitzer dokumentiert ihre Unruhe mit einem derben „Na, bei Eane fuezgert's jo granatemäßig!", was seine gute Beobachtungsgabe zeigt. Ein entgeisterter Blick vernichtet ihn nahezu, was ihn zu dem beschwichtigenden Einwurf veranlasst: „Scho guat!" Dabei tätschelt er ihren Arm, was der ohnehin gequälten Dame einen Laut entfahren lässt, als hätte jemand einer Katze auf den Schwanz getreten.

Nach jeweils zehn Minuten ist die Prozedur beendet. Man schiebt den Eimer nach vorn, trocknet seine Füße ab, schlüpft in Strumpf und Schuh und entschwindet je nach seiner Befindlichkeit stumm oder mit einem freundlichen Gruß zur Nachruhe ins eigene Zimmer.

Besuch im Pflegeheim

„Frau von D. – Abteilung Vollpflege – Zimmer 627." – „Vielen Dank!" – Ein bisschen mulmig ist ihr schon, als sie im Aufzug des Seniorenstifts zu ihrer noch unbekannten Betreuungspatientin hochfährt. Wird sie einen Anknüpfungspunkt finden, irgendeinen Seelenöffner, der ihr den Zugang zur Kranken eröffnet?

Sie holt noch einmal Luft und klopft mutig an die Tür. Eine energische Stimme ruft: „Ich lasse bitten!" Beim Anblick des Zimmers prallt sie zurück: in einem hohen Gitterbett kauert zusammengerollt eine weißhaarige Greisin, in der sie die entschiedene Stimme nicht vermutet hätte. „Johann, bringe er mein Lorgnon!" Blitzartig entscheidet sie sich zum Mitspielen: „Gnädige Frau, nehmen Sie dies!" Sie reicht eine imaginäre Sehhilfe ins Bettgefängnis und streift dabei die ihr entgegengestreckte Hand. Sie ist knochig, kalt, fast schon abgestorben. Aber die Augen der alten Frau fixieren die Besucherin wachsam.

„Johann, sage er Mamsell, wir haben einen Gast!", tönt es in gebieterischem Ton. „Sehr wohl", ist die Erwiderung. Der Gast wendet sich zur Tür, öffnet und schließt sie und setzt sich ans Bett. „Ergebenste Grüße vom Herrn Graf", beginnt sie aufs Geratewohl. Ein glückliches Lächeln huscht über die verwelkten Gesichtszüge: „Der alte Schlawiner! Sagen Sie ihm, er möge mir umgehend seine Aufwartung machen!" – „Sehr wohl, Frau Gräfin!"

Nach diesem geglückten Start fabuliert die Besucherin eine Einladung zum jährlichen Wohltätigkeitsball für gefallene Mädchen. Ihre Worte rufen eine freudige Rötung der aschgrauen Wangen hervor. „Babette", gellt es durch das Altenheimzimmer, „ist mein Schwarzseidenes gerichtet?" Die jüngere Frau beeilt sich in die Rolle Babettes zu schlüpfen. „Das mit der Schleppe oder der Schärpe, gnä' Frau?" Sie einigen sich auf das mit dem Hermelinkragen. Während das Traumkleid durch die Luft geschwenkt wird, summt die gespielte Babette Töne aus der „Schönen Blauen Donau" und wird bald unterstützt durch das heisere Krächzen aus dem Gitterbett.

Sie werden jäh in die Realität befördert, als das Mittagessen herein balanciert wird. „Wir werden schon auf das Essen warten? Oder haben wir wieder keinen Hunger?" Die Besucherin fällt dem Zivi ins Wort: „Ich werde der gnädigen Frau heute vorlegen!" Ein entgeisterter Blick trifft sie: durchknallen scheint ansteckend zu sein!

Während sie einen Löffel voll Brei nach dem anderen in den zahnlosen Mund schaufelt, presst die Heimbewohnerin hervor: „Die glauben alle, ich sei verrückt!" – „Aber wir zwei wissen es besser, nicht wahr?" Die Greisin drückt die Hand der Spielgefährtin, dreht sich zur Seite und mimt die Schlafende. Der Gast ist für heute in Gnaden entlassen.

Erster Klasse

Ausnahmsweise ist der Zug pünktlich. Sie freut sich, dass ihre Tochter sie zum Erste-Klasse-Fahren gedrängt und auch Platzkarten gebucht hat. Es soll eine komfortable Reise in den Seeurlaub werden. Sie findet ihren Abteilwagen, vergleicht im Gang Reservierungsschilder und sichtet ihre Sitzplatznummer. Erleichtert versucht sie die Tür aufzuschieben. Etwas hakt, aber mit Kraft gelingt es, sie so weit zu öffnen, dass sie sich hindurchzwängen kann. Riesige Koffer stehen kreuz und quer zwischen den Sitzreihen. Auf dem Tischchen in der Mitte prangen Handtaschen, Thermoskanne, Zeitschriften. Unter ihm stauen sich voluminöse Reisetaschen. Zwei ältere Frauen haben sich bereits häuslich niedergelassen und durchbohren sie mit giftigen Blicken. Sie zeigen unverhohlen, dass es eine Zumutung für sie bedeutet, die Reise in Gesellschaft einer weiteren Person zubringen zu müssen.

Die Eintretende versucht dennoch freundlich zu grüßen und windet sich durch das Chaos zu ihrem Fensterplatz, der immerhin freigelassen wurde. Sie bittet um ein wenig Platz auf dem Tisch, um ihre kleine Tasche abzustellen. Die Damen scheinen kein Deutsch zu verstehen. Sie schauen, als stünden sie wiederkäuenderweise auf einer Allgäuer Almweide. So schiebt sie selbst einiges zusammen und will sich setzen. Aber der Platz für die Füße ist von einem Gepäckstück verstellt, auf das die eine Dame ihre Beine gelegt hat. Auf einen fragenden Blick hin erklärt die zweite Reisende: „Dicke Beine!" „Soll ich die meinigen verknoten oder ins Gepäcknetz legen?", versucht die „Neue" es mit Konfliktentschärfung und ist auch nicht gewillt, ihre Beine über die der Anderen zu stapeln oder auf den Tisch zu legen. Mit einem höflichen „Sie gestatten!" schiebt sie das Hindernis unter dem Tisch sanft zur Seite. Ein Schrei lässt sie zusammen fahren: „Vorsicht, er beißt!" Nun schaut sie wie der dazugehörende „Ochs am Berg". Ein Unheil verkündendes Knurren lässt sie erstarren. Hinter der Tasche wälzt sich ein haariges Etwas hervor. Zwei steil aufgestellte Ohren und funkelnde Augen werden im Dämmer unter dem Sitz sichtbar. Das Knurren wird bösartiger, was die Dame zu einem „Sei doch still, Mausilein!" veranlasst. „Ist das ein Hund?", entfährt es ihr. „Eine Katze wohl nicht!" bekommt sie zu hören. Nun steigt in ihr die Wut hoch.

Um Zeit zu gewinnen, lässt sie sich schräg auf den Sitz fallen, ihre Extremitäten auf dem fremden Koffer. Es gelingt ihr, ein Bein wenigstens neben der Tasche unterm Tisch zu platzieren, das andere muss in Schwebezustand auf Nachholung warten. Der Zug fährt an. In dem Geruckel schiebt sie mit dem angekommenen Bein Tasche und fremde Beine ruckweise zur Seite. Bald hat sie so viel Platz erarbeitet, dass sie den Spagat beenden und das zweite Bein einholen kann.

Das erste Problem scheint mehr oder weniger graziös gelöst. Das zweite ist der unheimliche Mitreisende unter dem Sitz, von dem sie bis jetzt neben den funkelnden Augen nur ein offenes Maul mit hängender Zunge erkannt hat. Das Fellwesen starrt sie von unten an, sie starrt von oben zurück. Zur Sicherheit stellt sie ihre Füße auf die

Fersen. Gut, dass sie Schuhgröße 41 hat! Wachen Auges verfolgt sie die Entwicklung unter dem Tisch. Sie registriert jede Bewegung von Monster-Mausilein und erkennt langsam, dass es sich wirklich um einen ziemlich großen Hund handelt. Ihr fällt ihr Wurstbrot ein, Leberwurst erster Güte mit verführerischem Duft. Demonstrativ breitet sie eine Serviette aus, kramt ihr Vesper hervor und legt es auf ihren Schoß. Der Reisende unterm Sitz wird unruhig und schiebt sich vor. Appetitlicher Duft breitet sich aus. Sie beißt vom Brot ab und kaut genüsslich. Zwei Hundeaugen bekommen Stiele. Sie vergleicht im Stillen Frau und Hund: Triefaugen, Tränensäcke, hängende Mundwinkel, Doppelkinn – faszinierende Ähnlichkeit. Dem Tier läuft der Geifer aus dem Maul. Wie unabsichtlich wirft sie ein Stück Wurstbrot unter den Tisch. Es schnappt, schluckt, bettelt. Noch ein heimlicher Happen, dann bleibt sie hart. Beißen wird Mausilein nach dieser Bestechung sicher nicht. Sie hat zumindest bei ihm Sympathie erworben.

Sie baut die Festung unter dem Tisch ab und entspannt die Füße. Auf einmal spürt sie etwas Schweres, Warmes, Weiches darauf. Man hat es sich unterm Tisch gemütlich gemacht. Sie merkt, wie heißer Speichel auf ihre nackten Zehen tropft. Gleichzeitig steigt ein bestialischer Geruch auf. „Mausilein, hast du wieder Blähungen?", flötet Frauchen. Das ist zu viel. Sie holt ihre Füße unter dem Hund hervor, packt Vesper und Tasche und drängt zur Tür hinaus. Diesmal schiebt sie Koffer und Taschen rücksichtslos zur Seite und verlässt grußlos das Abteil. Den Rest der Reise genießt sie in einem Großraumwagen zweiter Klasse.

Besuchsfreude

„Muss das sein? Muss dieses unangenehme Ehepaar mit dieser Nervensäge von Kind wirklich eingeladen werden?" Sie windet sich mit ausgefallenen Ausreden gegen diesen Pflichtbesuch des Vorgesetzten. „Er geht ja noch, aber diese Pute von Frau ..." – „Wir sind jetzt schon ein halbes Jahr verheiratet", unterbricht der Ehemann die Nörgeltirade seiner Angeheirateten, „und die Einladung vor zwei Monaten muss erwidert werden!" Sie fügt sich wohl oder übel in die Verpflichtungen einer verheirateten Frau.

Dann geht alles sehr schnell. Der Termin ist vereinbart, der Kuchen sogar gelungen, der Tisch geschmackvoll gedeckt und dekoriert. Für das kleine Balg wurden Kinderutensilien und Spielzeug zusammengeborgt. Dann nahen die Gäste. Der Göttergatte begrüßt die Eintretenden: „Wie freuen wir uns, dass Sie es möglich machen konnten! Es ehrt uns, Sie in unserer bescheidenen Hütte begrüßen zu dürfen!" – „Nu mach aber halblang!", denkt die beherrschte Gattin, die soeben den ersten Handkuss ihres Lebens empfängt. Also ist glattes Konventionsparkett angesagt. Lieber wäre sie herzlich und unkompliziert, aber sie kann auch anders. Die Gattin des Vorgesetzten zupft mit Daumen und Zeigefinger in Zeitlupe das zarte Leder ihrer weißen Glacehandschuhe von jedem einzelnen Finger. Dass sie ihre Handbekleidung überhaupt ablegt, ist ihr hoch anzurechnen. Ihre Mundwinkel hängen Richtung Kinn und selbst mit Monokel könnte man kein einziges Lächeln in ihrem Gesicht entdecken. Das einjährige Töchterchen wird aus einem weißen Pelzsäckchen geschält. Von ihm lugt jetzt ein zartes Köpfchen aus einem weiß-rosa Rüschenwust hervor, der von weißen Lackschühchen perfekt ergänzt wird. Nur der kleine Mund verzieht sich pausenlos zu einem plärrenden Gequengel. Hochstühlchen, Liegewippe, Schalensitz – nichts findet Akzeptanz. Das Goldkind will krabbeln.

Widerwillig setzt die Mutter das Reinlichkeitsbündel auf dem Teppich ab. „Wir haben Fußbodenheizung", versucht der Hausherr das sichtbare Unbehagen der Mutter abzumildern. Stoffpuppe, Stehaufmännchen, Holzauto werben um Beachtung. Aber das Mauzen des Kindes ist nur kurz abzustellen. Formvollendet bittet die Gastgeberin zur Kaffeetafel. Angespannt versuchen die Ehepaare in den ruhigen Phasen ein Gespräch. Die Gastgeberin hat einen Stoffball besorgt und rollt ihn auf den Boden. Das scheint den kleinen Quälgeist ein Weilchen zu besänftigen. Das bunte Ding rollt mal hierhin, mal dorthin und man kann hinterher krabbeln. Die Ruhe tut gut.

Die frisch gebackene Hausfrau hat den kleinen Engel unauffällig im halbschrägen Blick und beobachtet sein Treiben nun außerhalb des Teppichs. Sie ist erstaunt, dass irgendetwas die Aufmerksamkeit jetzt schon über einen längeren Zeitraum auf sich zieht. Das Gästekind scheint etwas Faszinierendes entdeckt zu haben. Es robbt hinter einem imaginären Ding her, das sich ihm immer wieder entzieht. Das ausgestreckte Händchen versucht etwas zu fassen, was nichts mit Ball oder Puppe zu tun hat. Vor Anstrengung prustet und schnauft das Kind, wodurch das geheimnisvolle Etwas sich tanzend weiter entfernt.

Dabei möchte das Fingerchen doch endlich ergründen, was da so neu und interessant erscheint. Das ist so zart und kann durch Pusten beinahe fliegen.

Entgeistert erkennt die Hausherrin, dass es sich um eine faustgroße Staubfluse handelt. Wo kommt dieses vermaledeite Ding bloß her, das da dem Mopp entwischt ist? Ihr Hirn springt in den Hochleistungsmodus und testet Lösungswege. Das Gespräch muss die Kindsmama so fesseln, dass sie nicht in Versuchung kommt, nach ihrem Goldschatz zu schauen. Gleichzeitig muss ein Vorwand gefunden werden, das schmachvolle Relikt unauffällig zu beseitigen. Sie schaltet auf Modefragen, denen sie selbst zwar kein Interesse abgewinnen kann. Doch die gestylte Madame könnte anbeißen. Kurzerhand erfragt sie die Meinung zur Modefarbe „khaki", die ja so wenig kleidsam sei, aber sogar in die Haute Couture Eingang gefunden habe. Selbst Armani bediene zur Zeit diese Farbe. Beispiele fänden sich im neusten Katalog der Nobelfirma. Die Gesprächspartnerin steigt ein und verteidigt die Farbvariante als elegant. Unter dem Vorwand den Katalog holen zu wollen, steht die Hausfrau flink auf. Sie schnappt im Vorbeigehen die Fluse, kickt den Stoffball geschickt vor die Brust des Kindes und presst das Schandobjekt in der Faust zu einem festen Kügelchen, das sie galant hinter das Sofa schlenkert.

„Den muss die Putzfrau entsorgt haben!", nimmt sie mit einem süßen Lächeln das Gespräch wieder auf. Ihr Ehemann schaut ziemlich fassungslos zu seiner Eheliebsten. Wie passt ihr schmales Anfangsbudget zu Armani und Putzfrau? Die stumme Anfrage quittiert sie mit einem schüchtern schmachtenden Unschuldsblick, als wollte sie sagen: „Vielleicht hätte ich Schauspielerin werden sollen! Ich kann aber auch hochstapeln, wie du siehst!" Der nun wieder plärrende Liebling fordert Aufmerksamkeit und man entschließt sich zu einem Spaziergang in den nahen Wald. Wie schön, draußen gibt es wenigstens keine Staubflusen!

Erfüllter Augenblick

Das Plätschern des ans Ufer schlagenden Wassers lässt sie langsam zur Ruhe kommen. Unter das monotone An- und Abschwellen der Wellen legt sich das Motorengeräusch der Fischerboote wie ein Ostinatomotiv. Das tschilpende Gezeter der Spatzen und das melodische Flöten der Amseln im Baum über ihr bilden den Diskant dazu. Selbst ein ferner Kuckuck mischt sich unaufhörlich in das Konzert und vervollständigt das Naturorchester. Der lautlos dahin ziehende Ausflugsdampfer scheint wie aus einer unwirklich gewordenen Welt zu kommen, aus der sie im Augenblick ausgestiegen schien.

Die südliche Sonne strahlt auf ihre Haut, vom sanft briselnden Wind gekühlt. In der Luft schwingt der Duft von Sternjasmin und Akazien, vermischt mit dem süßherben Aroma von Zitronenblüten und wilden Rosen. In seltsamer Klarheit nimmt sie die vielfältigen Sinneseindrücke gleichzeitig wahr und fühlt sich wohl angefüllt mit sattem Leben. Ihre rastlosen Glieder sind ruhig geworden und der Körper entspannt sich schwer auf der weichen Unterlage. Allmählich atmet sie im Rhythmus der Wellen. Die Mühle des Denkens kommt zum Stillstand. Kein Gestern und Vorhin plagt sie, kein Morgen und Nachher wirft Schatten voraus. Nur noch dieser Augenblick voll Zufriedenheit ist in ihr. Sie geht ganz in der Empfindung auf, in grenzenloser Geborgenheit zu sein. Ihr Zustand gleicht dem vor dem Einschlafen, wenn die Prägnanz der Wirklichkeit verschwimmt und einem schwebenden Aufgehobensein Platz macht.

Jetzt gilt nur dieser Augenblick; nur diese Minuten zählen! Nein, auch das nicht! Es gibt keine Zählung, kein Verrechnen, keine Bewertung. Der Alltag verflüchtigt sich wie Nebel im Sonnenlicht. Und doch ist sie im Zustand höchster Wachheit. Keine somnambule Umnebelung nimmt von ihr Besitz. Sie registriert deutlich das Treiben der Menschen um sie herum, aber es bedeutet ihr nichts. Achtsam nimmt sie das Geschehen wahr, doch sie lässt sich nicht in ihren Ablauf verwickeln. Bilder, Geräusche, Düfte, wohlige Körperlichkeit bilden eine wohltuende Einheit. Sie ist eingefügt wie in eine Ikone des Lebens. Sie gibt sich dem Erleben hin, taucht ein, verschmilzt. Wenn jetzt eine Sternschnuppe vorüber zöge und sie einen Wunsch frei hätte, sie wäre wunschlos.

Festhalten will sie diesen kostbaren Augenblick, in dem Körper, Seele und Geist sich eingefügt wissen in ein größeres Ganzes. Festhalten dieses Verschmelzen mit einem transzendenten Übersein. Es gibt nichts Trennendes mehr zwischen ihr und dem göttlichen Ursprung. Ungekannte Daseinstiefe erfüllt sie mit Glück und Harmonie. Sie begreift sich als gut und geglückt und ihr Leben als Teil eines sinnvollen Ganzen. Sie fragt nicht mehr nach einem Lebenssinn oder der Ordnung dieses Daseins.

Jegliches Fragen ist versunken im Wissen, dass alles gut ist, so wie es ist.

Begegnung

„Es ist nicht gut, dass der Mensch allein sei!", las sie in einem Tageskalender. „Klugscheißer!", dachte sie spontan, verbot sich aber diesen vulgären Ausrutscher. Sie wusste aus Erfahrung, wie unwiderleglich so ein Satz war. Sie wusste um die Bürde des Alleinlebens, wusste um die „Wunde der Ungeliebten", wie der Titel eines psychologischen Büchleins lautete. Sie kannte seit Jahren diese bohrende Sehnsucht nach Zärtlichkeit und bedingungslosem Angenommensein. Das musste ihr nicht von einem Alleswisser wieder aufs Frühstücksbrot geschmiert werden. Ärgerlich entsorgte sie das Blatt im Papierkorb und hoffte, damit auch das Problem gelöst zu haben.

Wie immer, wenn Schatten über ihrem Gemüt lagen, schnürte sie die Laufschuhe und griff nach den Walking-Stöcken. Wie schön, dass sie mobil war und Freude an der Bewegung hatte. Bald schon umfing sie der nahe Wald und zauberte Lebensfreude auf Herz und Schritte. Leise pfiffelte sie im Takt ihrer Füße vor sich hin. Vorne, am Teich, wollte sie nach den Kaulquappen sehen.

Ihr Beobachtungsposten war „besetzt". Ein weißhaariger Mann stand gerade an „ihrer" Stelle und starrte in das Wasser. Entschlossen zur Verteidigung stelzte sie mit energischem Aufsetzen der Stöcke zum Teich. Das männliche Wesen drehte sich abrupt um und legte den Zeigefinger auf die Lippen. Neugierig geworden schlich sie betont gehorsam auf Zehenspitzen näher. Er deutete stumm auf ein zunächst undefinierbares Päckchen am seichten Ufer, das sich in kleinen Sprüngen vorwärts bewegte. Sie erkannte eine Kindskopf große Kröte, die auf einem etwas kleineren Artgenossen hockte. Mühsam – wie es schien – hopsten die beiden Amphibien dem Wasser zu. Die Anstrengung des vermutlich weiblichen Trägertierchens war offensichtlich. Die Backenhäute blähten sich rhythmisch und zeigten einen raschen Herzschlag an, während der dicke Macho sich faul an dessen Körper presste und über Stöcke und Büschel tragen ließ.

„Ganz schön blöd!", raunte sie leise. Mit einem gewinnenden Lachen flüsterte der Mann zurück: „Aber sie freut sich auf die Hochzeit!". Regungslos verharrten sie am Ufer und schauten fasziniert dem Spiel des Lebens zu. Von Zeit zu Zeit traf sie ein forschender Blick des Mannes, den sie lächelnd erwiderte. Verstohlen registrierte sie, dass dieser Mensch neben ihr alle Vorzüge zu haben schien, die sie schätzte. Groß gewachsen, gepflegte Erscheinung, etwa gleich alt, vermutlich Nichtraucher – wie sie heimlich erschnupperte. Lange standen sie gebannt und es war sicher nicht nur das Schauspiel der Begattung, das sie ausharren ließ. Er brach die Stille mit der Feststellung: „Schön, das gemeinsame Schweigen!" – „... und das Staunen", ergänzte sie.

Wie selbstverständlich gingen sie zusammen weiter und es entspann sich ein munter-nachdenkliches Gespräch über Tier und Mensch, die Geheimnisse der Natur und die Besonderheiten der Welt. Ab und zu blieben sie stehen und schauten sich verwundert an, erstaunt über den Einklang und die mühelose Konversation. Sie spürten wohl beide das gegenseitige Bedürfnis, diese Stunde nicht enden zu lassen. So konnte es gar nicht anders sein, als dass sie im benachbarten Waldheim bei einem Viertele Wein zusammensaßen und sich aus ihrem Leben erzählten. Wie gut er zuhören konnte! Wie offen er war! Auch er kannte die Beschwernisse des Alters, rang mit den Rätseln des Daseins, hatte Fragen, Zweifel, Erwartungen. Sie fühlte ein Grummeln im Bauch und ein lang vergessenes Glücksgefühl. Früher hätte sie „Schmetterlinge" dazu gesagt. Ja, so müsste jemand sein, wenn sie sich noch einmal binden wollte, genau so und nicht anders.

Nun müsse er aber gehen, sagte er schließlich. Seine Frau warte im Pflegeheim auf ihn. Nach einem Schlaganfall mit irreparablen Folgen hatte er sie vor einigen Monaten dort einliefern müssen, als er die häusliche Pflege nicht mehr geschafft habe. Aber er würde sich freuen, wenn sie sich wiedersehen könnten. In einer Woche an der gleichen Stelle? Dies sei seine Telefonnummer, falls sie verhindert sei. Aber auch er hätte gern ihre Nummer. Wie im Trance nannte sie ihre Ziffern und die letzten davon gingen fast unter im Zittern ihrer Stimme und ihrer mühsamen Beherrschung.

Gut, dass sie einen ziemlich langen Heimweg vor sich hatte. So konnte sie ihren Tränen freien Lauf lassen. Diese Wendung hatte sie nicht erwartet. Auf dem Unglück einer Frau das eigene Glück aufbauen? Konnten sie sich treffen und ein vom Schicksal geschlagener Mensch würde betrogen? Andererseits könnte er aus diesen Begegnungen Kraft schöpfen, die schwierige Begleitung der Lebenspartnerin besser zu bewältigen. Mit aller Kraft kickte sie Steine, die im Weg lagen, zur Seite und brüllte dabei: „Nein! Nein! Nein!" Wie würde es weiter gehen? Sie wusste es nicht.

We shall overcome

Wieder eines dieser entnervenden Telefongespräche am frühen Morgen, die sie in Angst und Unruhe versetzten, die mit ihr gingen und dem Tag einen grau-schwarzen erstickenden Schleier überstülpten. Wieder diese gefürchteten Worte: „Ich geh in kein Pflegeheim. Zum Glück gibt's den Fernsehturm!". Sie antwortete nüchtern: „Der Fernsehturm ist geschlossen und über das zwei Meter hohe Gitter schafft es eh niemand". Richtig oder falsch gesprochen? Sie wusste es nicht. – „Dann eben eines der Hochhäuser vom Augustinum. Es gibt genug Balkone, über die man sich stürzen kann!"

Langsam stieg ihre Wut an. Wie oft hatten sie dieses Thema mit dem Freund schon beackert! Zum wievielten Male hatte sie in großer Geduld und mit viel Verständnis für seine Situation angeboten, es gemeinsam mit Palliativversorgung zu versuchen oder als allerletzten Ausweg eine gemeinsame Fahrt in eines dieser „selbst bestimmten Sterbehäuser" zu tun. Sie glaubte im Stillen, dass es möglich sei, in ein Leiden hineinzuwachsen. Sie wusste aus Erfahrung, dass ein Mensch mehr ertragen könne, als er im Vorhinein meinte ertragen zu können. Letztlich hoffte sie auf ein gütiges Geschick, das eine Türe öffnen würde, die vorher nicht denkbar gewesen wäre.

An diesem Morgen resignierte sie. Sie würde nichts ausrichten, nichts aufhalten, nichts verhindern können. Wieder sah sie die Nebelschwaden der Mutlosigkeit, die schwarzen Wolken der Depression sich nähern. Wieder würde die klebrige, zähflüssige Soße der Ausweglosigkeit sich über sie ergießen und ihr das Atmen schwer machen.

Doch etwas in ihr bäumte sich auf. Etwas in ihr wollte nicht mit untergehen. Ein mächtiges „Nein" baute sich vor ihr auf. Sie wollte sich nicht in den Strudel der Selbstvernichtung mit hineinreißen lassen. Sie – wollte – leben! Wie ein kleiner Funke unter der Asche glomm es auf. Blitzartig wurde ihr bewusst, dass sie etwas ungemein Kostbares vor sich sah, nein, in sich spürte. Diesen kleinen Funken musste sie zum Lodern bringen. Sie musste ihn nähren, hegen, umsorgen, so, wie sie früher die hilflosen Kinder, die ihrem mütterlichen Schoß entschlüpft waren, genährt, gehegt, umsorgt hatte. Damals war es geglückt. Warum sollte es heute nicht glücken?

Sie ging an ihr Musikregal und wählte eine Gospel-CD. Wenig später erdröhnte ihre Wohnung vom zornig stampfenden Rhythmus ehemaliger Sklaven. Sie stampfte und brüllte mit: „We shall overcome …". Welch eine Lebenskraft schlug ihr da entgegen, welch ein Wille, Widrigkeiten zu überwinden, welch ein Vertrauen, welch eine Hoffnung! Jahrhunderte alte Leidensfähigkeit erblühte wie eine sich öffnende Rosenknospe vor ihren Augen und weckte auch in ihr den Duft der Lebensfreude und der Zuversicht. Sie wusste auf einmal, nur in diesem nimmer erlahmenden eigenen Lebenswillen würde sie auch den Lebensmüden festhalten oder, wenn es nicht anders sein konnte, in Frieden gehen lassen können.

Was ist Glück?

„Was ist Glück?" hatten sie sich in der kleinen Freundinnenrunde gefragt.

„Wenn mein Kind mich anlächelt so voller Arglosigkeit, so unverstellt und voller Vertrauen und in diesem Lächeln mich erkennt, mich meint." Die junge Mutter spiegelte dieses Kinderglück wider.

Die ältere Lehrerin pflichtete bei: „Mich berührt bis in die Tiefe hinein, wenn sich ein schluchzendes Kind in seinem augenblicklichen Schmerz, seiner Verzweiflung und Ausweglosigkeit an mich wendet und ich zuhören kann und Tränen trocknen darf. Es ist zwar nur für diesen einen Augenblick. Dieses kleine Menschlein wird noch oft Grund zum Weinen haben, aber für diesen Moment ist da dieses Begegnen, das beide froh macht."

„Ja, heilsame Begegnungen sind etwas so Kostbares, dass sie für mich ein Stückchen Paradies bedeuten. Aber sie sind nicht machbar. Ich kann mich nur offen halten und wachsam sein und wenn ich sie erahne, den Zipfel dieses Glücks festhalten", kam es von den Lippen der introvertierten Sechzigjährigen.

„Ich nenne solche erfüllten Augenblicke Glanz vom Schöpfungsmorgen", schwärmte die Lyrikerin. „Das Wehen des Windes wird zur Zärtlichkeit, der Duft erster Veilchen zur Verheißung, die Blumen durchwachsene Wiese wird zum Inbegriff sprühenden Lebens". – „Nimm den ersten Amselruf nach langem Winter dazu oder den Weckruf des Eichelhähers und ich bin an deiner Seite" verstärkte die Frühaufsteherin.

„Für mich gehört das Alleinsein dazu. Losgelöst von allen Zwängen und Verpflichtungen, allen Sorgen und Ängsten, frei, distanziert, offen, bereit, die Geschenke der Stille zu empfangen. Der laute Alltag verstummt und macht einer verborgenen Wirklichkeit Platz, die sich wie Balsam auf das unruhige Herz legt. Ich werde sensibel für die zarten Töne, die kaum vernehmbaren Regungen der Geschöpfe um mich herum und fühle mich verbunden mit ihnen", so lautete das Votum der Meditationsgeübten.

Die Naturapostelin outete sich: „Auch nackt am Meer habe ich dieses Eingehen in die Unermesslichkeit einer geglückten Schöpfung schon erlebt. Ich wurde für wunderbare Momente Teil eines guten Ganzen, das mich umfing und wunschlos glücklich machte."

Das Gespräch wurde offener. „Das Einssein der Körper in der Liebe, kann das nicht auch Glück sein? Wenn ich im Andern aufgehe, mit ihm schwinge und die Spaltung aufgehoben ist, die durch alles Geschaffene geht?" – „Aber dann erfolgt die Trennung. Auch den geliebtesten Menschen kannst du nicht halten. Schon der Wunsch danach kann die Harmonie zerstören und Disharmonie im Gefolge haben."

„Dann ist das Glück also doch vor allem in der Kunst zu finden", meldete sich die Ästhetin zu Wort. „Wenn mich ein Bild oder ein Bauwerk so tief anrührt, dass ich alles um mich herum vergesse und ich mich kaum lösen kann aus diesem Wunderwerk von Farbe, Linie, Idee, dann kann ich wieder glauben, dass es etwas Transzendentes geben muss."

„Ja, am stärksten löst die Musik diese Überzeugung bei mir aus. In aller Flüchtigkeit des Vorüberrauschens darf ich mich erschüttern lassen und brauche mich auch meiner Tränen nicht zu schämen. Gerade weil ich weiß, dass ich die Klänge nicht festhalten kann, bin ich vorbehaltlos präsent. Mein Bewusstsein weitet sich und sprengt meine engen Grenzen. Der Augenblick wird so kostbar, dass ich den Eindruck habe, als lebte ich doppelt oder zumindest in einer Intensität, die tief beglückt. Nehmt den Schlusssatz der Matthäuspassion zum Beispiel: nach allem Schmerz versinke ich in einer Ruhe, die über sich selbst hinaus weist."

„Mich erfasst regelmäßig die Tanzwut beim Hören energiegeladener Klänge", verlautbarte die Realistin. „Bei Ravels Bolero zum Beispiel gerate ich geradezu in Ekstase." – „Da sind wir also bei Dionysos und Bacchus angekommen", spöttelte die Skeptikerin. „Ein kleiner Drogenschub zur Bewusstseinsauflösung gefällig? Der Rausch als verlockender Ausstieg aus dem Gewohnten vielleicht? Die ernüchternde Realität hinter sich lassen und ins Glück durchwobene Arkadien fliehen, ist es das, was ihr wollt?"

„Spotte nur", wurde ihr entgegnet. „Auch du leidest unter dem Stückwerk des Menschseins, unter der Gebrochenheit alles Lebens, unter dem Fragmenthaften unserer

Existenz, unter dem Gespenst der Sinnlosigkeit. Warum sollten wir uns nicht danach ausstrecken, hin und wieder am Nektar der Freude zu nippen und ein wenig Blütenstaub der Hoffnung auf unseren Sehnsuchtsflügeln zu haben. Vielleicht hilft uns das, uns nicht von falschen Versprechungen verführen zu lassen und unser Glück am falschen Ort zu suchen," schloss die Gastgeberin das Gespräch. „Ich kann das Glück nicht zwingen, sich bei mir einzunisten. Aber ihm ‚wie einem Vogel die Hand hinstrecken', dass er sich kurz niederlasse, das möchte ich – frei nach Rose Ausländer – versuchen".

Ein positiv besetzter Arbeitstag

In irgendeinem dieser klugen Taschenkalender fand sie die Beschwörungsformel für den Tag: „Ich will meiner Arbeit positiv begegnen". Na schön, dachte sie belustigt, kann ja nichts schaden, mit diesem „Ich bin o. k., du bist o. k., alles ist o. k." in den Tag zu starten. Sie summte eine aufmunternde Melodie, krempelte die Blusenärmel hoch und machte sich über das Putzen der Küche her, einer Arbeit, die stets den stärksten Fluchtreflex auszulösen pflegte.

Wie schön, dass endlich kein Krümel mehr in der Besteckschublade zu finden war. Wie schön, dass der Wasserkocher endlich seinen Kalkbelag verloren hatte. Wie schön, dass Boden und Schrankflächen in makellosem Glanz erstrahlten. Positiv denken hilft also doch!

Sie holte sich zur Belohnung aus dem Kühlschrank eine Praline, die sie zur Bekämpfung ihrer Süßigkeitengier ganz hinten außer Sichtweite deponiert hatte. Beim Vorholen rutschte das volle Senfglas vom Gitter, ließ sich nicht auffangen und zerplatzte mit einem satten Klirren auf dem reinen Küchenboden. Der saftige Inhalt verteilte sich malerisch nicht nur über ihre Hosenbeine sondern auch über Fliesen und die unteren Ränge des Mobiliars.

Der Wortschwall, der sich ihr entrang, hätte in einem Schimpfwörterwettbewerb von Pferdeknechten mit Sicherheit den ersten Platz gewonnen. Beim erneuten Putzen ächzte sie zähneknirschend: „Ich will meiner Arbeit positiv begegnen!".

Eine halbe Stunde später war sie auf dem Wochenmarkt. Zuerst ließ sie ihre Augen versunken und schwelgend über die appetitlichen Auslagen schweifen, freute sich an der Vielfalt der Angebote und füllte schließlich genießerisch und liebevoll den Korb mit Obst und Gemüse. Beim Bezahlen war sie zerstreut und so merkte sie zu spät, dass ein Schein zu wenig herausgegeben wurde. Sie protestierte schüchtern, wurde aber durch die funkelnden Augen und den Redefluss der Marktfrau zum Schweigen gebracht. Sie war sich absolut sicher, im Recht zu sein, fürchtete aber als zänkische Alte abqualifiziert zu werden und verließ – nun weniger froh gestimmt – den Marktstand. Das verbliebene Geld reichte nicht weit. Der Weg zum Bankschalter mit dem vollen Korb war zu beschwerlich, eine erneute Parkplatzsuche würde zu zeitaufwendig sein. So entschloss sie sich genervt, auf Fisch zu verzichten und stattdessen Rührei zuzubereiten. Eine Packung Eier war schnell gekauft und mit dem Rucksäckle zusammen im Korb verstaut.

Beim Ausladen vor der Haustür verhedderte sie sich in den herabhängenden Trägern des Rucksacks und stolperte elegant aber schwungvoll. Raketengleich schossen Obst und Gemüse aus dem Korb und verteilten sich in weitem Umkreis auf dem Gehweg und der Straße. Selbst die Eierschachtel flog in hohem Bogen durch die Luft und landete mit einem höhnischen Knacken auf dem Pflaster.

Sie glaubte Ostern und Weihnachten fielen auf einen Tag! Dass sie nicht losheulte, war ihrem Beherrschungstraining zuzurechnen. Es blieb ihr nichts anderes übrig, als die ausgebrochenen Esswaren so schnell wie möglich einzufangen, bevor mitfühlende Nachbarn das Schauspiel als kostenloses Belustigungsprogramm wahrgenommen hätten. Doch zu spät! Während sie auf dem Boden kroch um die versprengten Äpfel, Möhren und Kartoffeln aufzusammeln, hörte sie das Klacken des nachbarlichen Gartentors. Der gräfliche Hausherr erschien auf der Bildfläche. Er hatte seinen silbernen Porsche mit dem Jagdhund vertauscht und wollte „Gassi" gehen. Sein süffisantes Lächeln, das sie selbst bei harmonischer Seelenlage schon rasend machte, steigerte sich zu einer kaum zu unterdrückenden Panikattacke. Mit galanter Höflichkeit eilte er herbei, um die besonders weit gerollten Orangen aufzunehmen. Derweil machte sich sein Hund über die glibberige Eiermatsche her, die ihr über die Hände troff und auf dem Trottoir gelbe Pfützen bildete. Mit einem Höchstmaß mühsam aufgebrachter Freundlichkeit lehnte sie sein Hilfsangebot ab, worauf er sich mit einem besonders tiefen Ziehen seines Jagdhutes entfernte und sein kollerndes Lachen freundlicherweise im Hals zu ersticken bemüht war. Sie hoffte, dass er ihr gezischtes „Lackaffe" nicht gehört hatte.

Sie beschloss, den Ausflug in einen positiv besetzten Tag abrupt zu beenden und sich für den Rest des Tages in ein warmes Thermalbad zurückzuziehen, nicht ohne den schlauen Tagesratgeber in der Papiertonne entsorgt zu haben.

Engelweihnachten

„Hier, die Dose mit dem Gebäck! – Und ruf an, wenn du zuhause bist!" Liebevoll verpackt die Tochter die Geschenke im Auto. „Oma, du hast den Glühwein vergessen!". Der Enkel kommt mit der Flasche Kinderpunsch ans Auto gerannt. Das war das Getränk für ihn und die Oma an diesem Abend gewesen. Nun soll sie auch für die folgenden Abende den leckeren Saft haben, wenn sie wieder allein unter ihrem Christbäumchen sitzt. „Danke, danke ihr Lieben!" Umarmungen, Küsschen, schnell einsteigen und die nassen Augen verbergen. Winken, bis die Dunkelheit die Schemen verschluckt.

Sie schaltet das Radio an. Weihnachtslieder und Gedichte wechseln sich ab, vermischen sich mit dem Tuckern des Motors, versetzen sie in eine Lethargie beim Fahren des bekannten Weges nach Hause. Sie lässt die letzten Stunden noch einmal an sich vorüberziehen: Kirchgang, Abendessen, Musizieren mit den Kindern, Bescherung, Ausprobieren der neuen Spiele, Bratapfel und Punsch – schöner kann ein Heiliger Abend gar nicht sein.

Ein plötzliches Geruckel des Motors reißt sie in die Realität. Bloß jetzt keine Panne! Das brave Auto hat sie seit fünfzehn Jahren treu begleitet, nun noch ein kleines Weilchen durchhalten. Bitte, bitte nicht hier und nicht jetzt aufgeben, fleht sie den vertrauten Kameraden an. Das Stottern der Maschine wird heftiger, das Gaspedal zeigt keine Wirkung, das Gefährt wird langsamer und langsamer und rollt aus.

Geistesgegenwärtig kann sie noch auf den Randstreifen steuern, wo ihr „treuer Heinrich" unwiderruflich stehen bleibt. Der Motor geht aus. Alle Signalleuchten am Display flammen auf. Sie versucht erneut zu starten – vergeblich. Ein hilfloses Surren ist die einzige Reaktion. Was tun?

Sie zittert wie im Fieberkrampf. Panik steigt auf. Wo ist sie eigentlich? Rechts sieht sie die Schatten der Bäume, links das gleiche Bild. Sie ist also mitten im Wald, der sich zwischen ihrer Stadt und dem Kreisstädtchen der Tochter hinzieht. Kalter Schweiß bricht aus allen Poren. Sie angelt nach ihrer Tasche und sucht das Handy. Gut, dass sie die Nummer des ADAC auswendig weiß. Aber in der Aufregung fallen ihr die Nummern nicht ein. Auf der Mitgliedskarte stehen sie ja ebenfalls. Wo ist die Brieftasche? Doch die Zahlen sind zu winzig. Die Brille muss her! Wo hat die sich versteckt? Endlich gelingt die Verbindung. Eine eilige Frauenstimme fragt nach dem Problem. Die Verständigung ist schlecht mit dem Hörgerät. Jeder Satz muss mehrmals erfragt werden. Sie verliert fast die Nerven und kann nur noch wimmernd sprechen. „Wo stehen Sie?" – „Im Wald zwischen L. und S." – „Sind Sie über die Autobahn gekommen?" – „Nein, ich bin Landstraße gefahren!" – „Nein, ob Sie die Autobahn überquert haben!" – „Nicht dass ich es wüsste!" – „Dann weiß ich nicht, wohin ich das Pannenfahrzeug schicken soll!". Sie ist am Verzweifeln. Ein Auto hält und ein junger Mann bietet Hilfe an. Sie fragt ihn, wo sie hier seien. Der junge Mann zieht sein Smartphone und übernimmt das

Handy der alten Dame. Er kann die Koordinaten bestimmen und ausmachen, dass unter der Straße ein bekannter Autobahntunnel verläuft, den man von oben nicht sieht. Nun kann das Rettungsfahrzeug beordert werden. „Sie sind ein Engel!", sagt sie zu dem freundlichen Helfer, der sich auf den Weiterweg macht und davonbraust.

Sie sitzt allein in der Nacht in ihrem Auto, schlotternd vor Angst und Aufregung. Sie prüft die Verriegelung der Türen und Fenster, vergewissert sich, dass das Warnblinklicht funktioniert. Grenzenlose Verlassenheit bemächtigt sich ihrer. Ein weiteres Auto hält an. Sie winkt zur Weiterfahrt und empfindet es doch als Freude, dass Leute ebenfalls unterwegs sind an diesem Abend und nicht achtlos vorüberpreschen.

Im Rückspiegel sieht sie gelbes Blinklicht! Der gelbe Engel naht! Vor Erleichterung fängt sie zu heulen an, kann sich nicht mehr beherrschen. Ein Mann in gelbem Arbeitsanzug steigt aus und auch sie verlässt ihr kleines Gefängnis. Sie kann nicht anders als schluchzen. Da ist eine junge Frau an ihrer Seite, legt eine warme Decke um sie, nimmt sie in den Arm und spricht ihr beruhigend zu. Wie wohl das tut!

Während der Monteur das Fahrzeug prüft und schließlich bedauernd den Kopf schüttelt, kümmert sich die junge Frau um die alte Dame. Es ist, als sei ihre Tochter an ihrer Seite.

Es ist nichts zu machen. Totaler Motorschaden! Der treue Heinrich hat seinen Dienst quittiert. Nun muss ein Abschlepper her. Das kann ein wenig dauern in dieser Nacht. Die jungen Leute sind so lieb und wollen mit der alten Dame zusammen warten. Sie steigen alle zusammen in das ADAC-Auto. Der junge Mitarbeiter ist in Sorge. Das sei seine Frau. Sie seien seit sechs Wochen verheiratet und die Frau fährt heimlich mit, was eigentlich nicht erlaubt ist. Aber sie wollte ihren Mann an diesem ersten Weihnachten nicht allein lassen und eigentlich auch nicht allein sein. „Für mich sind Sie keine unerlaubte Frau, ich sehe nur einen Engel, nein, zwei!" verbessert sie sich.

Die alte Frau hat einen Einfall: die Keksdose und der alkoholfreie Glühwein! „Wenn wir schon zusammen warten müssen, dann machen wir es uns doch gemütlich!", meint sie. Zusammen holen sie die weihnachtlichen Gaben aus dem Pannenfahrzeug. Der Monteur legt den Glühwein zwischen die Röhren und Kolben des Motors unter der Motorhaube. „In ein paar Minuten ist er heiß!", sagt er verschwörerisch. „Aber psst! Auch das ist eigentlich nicht erlaubt!"

Kurze Zeit später sitzen sie bei Gebäck und warmem Punsch im Auto, weihnachtliche Klänge dringen leise aus dem Äther zu ihnen. Da es keine Gläser gibt, lassen sie die Flasche kreisen. Die junge Frau erzählt von ihrem Heimweh und dass sie sich so vor diesem ersten Christfest im fremden Land gefürchtet hat. In Griechenland feiere man in Gemeinschaft viele Tage lang, mit Tanz, Gesängen ... „und Gedichten?" will die alte Dame wissen. Die junge Frau liebt Gedichte und zum Glück kann die Seniorin eine ganze Menge auswendig. Sie beginnt zu rezitieren, lässt Nikolaus und Christkind lebendig werden, erzählt von ihrer Jugend im fernen Preußen. Die Jungen revanchieren sich mit zweistimmigen griechischen Liedern. Sie klatschen und schnalzen und schwingen zu dritt, dass der Monteurwagen nur so wackelt. „Schöner als auf Korfu!", ruft die Griechin atemlos.

Am Ende der Straße wird gelbes Blinklicht sichtbar, zerschneidet beim Näherkommen die Stille der Nacht. Fast sind sie traurig, als der Abschlepper das Pannenfahrzeug samt alter Dame und ihrem Gepäck übernimmt. Sie versprechen, in Kontakt zu bleiben. „Kommt mich besuchen, wann immer ihr mögt! Von mir aus gleich morgen! Ich danke euch, ihr lieben gelben Engel!". – „Auch wir haben einen Engel getroffen", ist die Antwort. „Einen mit grauen Haaren! Bis bald und frohe Weihnachten weiterhin!"

Hundeliebe

Sie hatte Angst vor Hunden. Das war Fakt! Als Sechsjährige hat sie miterlebt, wie eine wütende Dogge der Tante ein Stück aus der Wade gebissen hatte. Selbst als gestandene Frau noch wechselte sie die Straßenseite, wenn ihr ein frei laufendes Exemplar dieser Tierrasse entgegen kam. Ob Schoßhündchen oder Riesenwachhund – sie wurde von einem unguten Gefühl erfasst und machte einen Bogen um diese Quelle der Angst. Der Respekt vor diesen Wolfsabkömmlingen wurde regelmäßig zum Ekel, wenn sie wieder einmal in deren unliebsame Hinterlassenschaften getreten war. Diese „Tretminen" waren meist an den uneinsehbarsten Stellen positioniert und es war manchmal unvermeidlich, mit ihnen in Berührung zu kommen. Schimpfte man laut, stieß man bei Hundehaltern auf taube Ohren. Je tiefer das Profil der befallenen Schuhe war, desto mühsamer gestaltete sich das Herauskratzen der stinkenden Chose aus den Rillen. Diese Tätigkeit war ihr so verhasst wie das Vokabular der sie begleitenden Schimpfwörter unflätig war.

Selbst Besuche bei einer guten Schulfreundin wurden zur Zerreißprobe, als diese sich einen Hund zulegte. Das Kalbs große Hundetier wälzte sich beim ersten Besuch neben sie aufs Sofa und leckte unvermittelt mit der triefnassen Zunge ihr Gesicht ab. Die Freundin war entzückt über so viel spontane Zuneigung und wurde nicht müde zu beteuern, welch seltene Sympathiekundgebung sie erfahren hätte. Normalerweise sei das sensible Wauwileinchen sehr zurückhaltend und verteile seine Liebesbezeigung sparsam. Sie könne stolz sein, sein Hundeherz so schnell erobert zu haben.

Doch diese Sympathie blieb einseitig und wurde durch ein Erlebnis noch zementiert: Sie hatte ihre neue Designer-Stofftasche auf den Boden neben dem Sofa gestellt, um nicht so protzig zu erscheinen und war froh, dass der vergötterte Vierbeiner nicht zu ihr aufs Kanapee gesprungen war. Sie überhörte das Schnaufen des unsichtbaren Hundes und achtete nicht auf das knirschende Geräusch in ihrer Nähe. Als sie ein Taschentuch aus der Tasche nehmen wollte, erstarrte sie. Das Vieh hatte die Ecken der neuen, sündhaft teuren Tasche aufgebissen und vergnügte sich genüsslich im Zerfleddern der allmählich los gebissenen Teile. An dem Schmuckstück klafften grausame Fraßlöcher wie an einem erlegten Wild. Die Freundin bekam einen Lachanfall über den neuen Streich des Rackers und staunte, wie viel Ursprünglichkeit noch in dem gezähmten Wildtier stecke. Zum Glück sei es ja nur eine Stofftasche!

Bei allem guten Willen überstieg diese Tierliebe die Lust an freundschaftlichen Kontakten. Sie hätte die Freundin nur im Doppelpack mit dem Köter haben können und so verzichtete sie auf beide.

Zu Interessenkonflikten kam es öfter beim Walken in ihrem geliebten Wiesental. Wer konnte den sonnigen und aussichtsreicheren Mittelweg beanspruchen? Die rigoroseren Hundehalter versammelten sich nach dem Recht der Stärkeren in Gruppen und traten geballt auf.

Da legte man sich also lieber nicht an und wich notgedrungen auf einen der anderen Wege aus. Wenn man aber einer wild tollenden Hundetöle begegnete, hörte die Friedfertigkeit auf. Wenn das liebe Tierchen aus Lust und Übermut an ihr hoch sprang, konnte sie aus vollem Halse brüllen: „Ich mag das nicht!". „Der will doch nur spielen!", war die häufigste Antwort und beleidigt zogen Frau oder Herr und Hund ab.

Ihre Contenance verlor sie allerdings bei einem Zusammenprall mit einem räsen Hundebesitzer. Als sie sich beim Nordic Walking die Belästigung durch sein Tier verbat, zischte der: „Dui Stöck, dui verschrecket mei klois Hondle!" Das „kleine Hundle" war ein ausgewachsener Setter und reichte ihr mit hoch gestrecktem Kopf bis zur Brust! Sie konnte nicht anders und blaffte zurück: „Bloß dass mei Stöck ned dui Wäg verscheißed!" Nachdem ihr dieser nicht gerade liebenswürdige Dialog gelungen war, schritt sie erhobenen Hauptes davon. „Kommt nur, ihr Hunde! Ich zeig's euch und euren bissigen Hundehaltern!", knurrte sie. Ob es das nächste Mal auch etwas charmanter klappen würde?

Als sie eines Tages nachhause kam, flitzte etwas wie ein wild gewordener Mopp vor ihrer Haustür auf sie zu. Erschreckt blieb sie stehen und auch das zottelige Etwas reagierte auf einen scharfen Pfiff und verwurzelte sich im Boden. Sie schaute in aufmerksame Hundeaugen, die unter einem Stirnpony hervorlugten. Niedlich sah das kleine Tier schon aus, musste sie sich eingestehen, und gehorchen konnte es wohl auch. Schon stand der Nachbar hinter dem kleinen Wesen und schmunzelte: „Darf ich vorstellen, unsere neue Hausgenossin, Sissi von und zu Hohenstein, eine reinrassige Schottische Hirtenhündin mit edlem Stammbaum!". Sie war versucht in einen Hofknicks zu versinken, begnügte sich aber damit, dem Senior zu dieser vornehmen Hundedame zu gratulieren. Sie verabschiedete sich von den beiden und musste lachen: Sissi trottete hinter ihrem Herrchen her und trug dabei ihren langhaarigen Schwanz hoch aufgerichtet wie eine Siegestrophäe. Sie signalisierte, dass sie nur aus Gnaden folgte. Ja, Adel verpflichtet!

Sie lernte Sissi näher auf einer Waldlichtung kennen, wo das junge Nachbartier am liebsten spielte. Sissi rannte bellend und Haken schlagend in großen Kreisen auf der Waldwiese herum, bellte hier, knurrte dort, tollte zurück, preschte erneut vor, immer rundherum, nicht müde werdend, scheinbar glücklich und in ihrem Element. Ihr Herrchen konnte dieses Verhalten einordnen: Sie hütete eine imaginäre Schafherde. Das sei in den Genen verankert. Auf dem Weiterweg kam sie ins Sinnieren: Was wäre, wenn ihre eigenen Gene von Zeit zu Zeit hochkochten? Als sie auf ihre durch die Walkingstöcke verlängerten Arme blickte, musste sie unwillkürlich an die menschlichen Urahnen denken. Würde sie von Baum zu Baum hangeln und den Nachkommen die Läuse aus dem Haar pfriemeln? Betont aufrecht walkte sie weiter und pfiffelte selbst vergessen vor sich hin: „Die Affen rasen durch den Wald ...!"

Mit der Zeit gewann sie die kleine kapriziöse Hundedame richtig gern. Ihr imponierte besonders, wie das Tier mit seinem Herrchen umging. Sollte es zu den

Waldspaziergängen gehen, sprang es mit einem Satz ins Autoheck. Anders war es beim unbeliebten Einkaufen. Es war ja nicht dumm und merkte an Körben und Taschen, wo es hinging. Wie es sich für Hochwohlgeborene geziemte, ließ es sein Herrchen zappeln. Es stapfte zuerst Richtung Auto, drehte sich dann lässig um, beschnupperte Gräser und Bordsteine und überhörte die Befehle, bis es nicht mehr anders ging. Das Lebewesen schien eine stolze Seele zu besitzen. Sie behängte Sissi mit unsichtbaren Bonusplaketten und nannte sie „mein kleiner Therapiehund!". Angst vor Hunden ist also überwindbar, dachte sie selbstsicher.

Als sie zum Einkaufen fahren wollte, sah sie, wie am Ende der Straße ein scheinbar Herren loser Hund um die Ecke geprescht kam. Sie rannte zum Auto, hechtete hinein, knallte die Tür zu. Gut, dass es gereicht hatte.

Blättertanz

Ihre mittägliche Energiekurve sank unweigerlich auf den Tagestiefpunkt und hüllte sie in eine lustlose Lethargie. Das geplante Briefeschreiben wurde zu einer zähen Kaugummiaktion. Schade um die Zeit! Sie bugsierte Füllhalter und Briefpapier ins Sekretärfach und schloss die Lade. Sie verordnete sich Frischluft.

Ein kräftiger Herbstwind strich um ihren Kopf, als sie wetterfest verpackt dem Wald zu schlenderte. Es roch modrig nach faulendem Holz und feuchten Blättern.

Zwischen den Bäumen hingen trübe Nebelschleier, die die Sonnenstrahlen in ein eigentümlich fahles Licht verwandelten. Eichhörnchen hasteten in emsiger Futtersuche durch das Gezweig eines dicken Ahornbaumes. Sie ließ den Blick am rissigen Stamm hinauf wandern. Aus knorrigen Astgabeln ragten abgestorbene Zweige. Bizarre Pilzauswüchse breiteten sich darauf aus und traten in Wettstreit mit rosettenartigen Flechten. Das sattgrüne Laub des Baumes hatte sich in einem Anflug von letztem Lebenswillen in ein leuchtendes Rot, Gelb oder Erdbraun verwandelt, so als wollte es vor der nahenden Winterruhe noch einmal seine gesammelte Schönheit zeigen. Es lag eine schwermütige Todesahnung über allem, ein Übergang in ein Vergehen, das nicht aufzuhalten war.

Sie war eigenartig berührt von dem Gefühl der Verwandtschaft von Baum und Kreatur. Die Unausweichlichkeit des kommenden Verfalls ließ auch in ihr selbst eine Trauer entstehen, die sich schwer auf ihre Seele legte. Wie hilfesuchend schaute sie durch die gelichteten Äste in den grauen Himmel hinauf.

Ein schwacher Windstoß löste einen bunten Blätterregen aus. Sie schaute gebannt in das bewegte Treiben, das sich vor ihren Augen abspielte. Der Wind ließ die nur noch lose am Zweig hängenden Blätter hin und her pendeln, drehte sie um sich selbst, schaukelte sie scheinbar verführerisch, bis sie bereit schienen, den Widerstand aufzugeben und sich dem Fallen zu überlassen. Sich drehend, wirbelnd, sich mutwillig rempelnd, sich überholend, steigend und fallend in einem neuen Windzug sanken sie zu Boden und versammelten sich mit den bereits am Fuß des Baumes liegenden Vorgängern. Auch die quirligen Ahornsamen trudelten verspielt aus der Höhe herab, während die nachbarliche Eiche ihre Früchte mit einem zielsicheren „Klack" zur Erde fallen ließ. Beim nächsten Windstoß begann das Spiel von Neuem. Spielerisch schwebend und fallend vollführte das Laub seinen tänzerischen Abgang.

Sie stand dabei und starrte fasziniert in das muntere Wirbeln. Es zuckte in ihren Armen und Beinen. Sie wollte teilhaben an diesem lebensvollen Tanzen und Drehen. Sie schüttelte den Baum, sprang in den Blätterregen, breitete ihre Hände aus, griff Blätter auf, blies sie in die Luft, fing sie auf, warf sie zurück, erhaschte andere kurz vor dem Aufkommen am Boden und ließ sie erneut in die Tiefe fallen. Ein atemloses, selbstvergessenes Spiel war es, auf das sie sich einließ. Sie fühlte sich als Teil dieses Baumes, als Teil der herbstlichen Natur, als Teil des Kreislaufes von Werden und Vergehen.

Welch eine wunderbare Erfahrung: es geht zur letzten Ruhe, aber davor ist Tanz möglich. Lebenslust und Abschiedsfreude sind eine letzte Steigerung einer Huldigung an das Leben. Erfüllung und Glück sind möglich auch angesichts der Vergänglichkeit.

Vielleicht sind solche dichten, erfüllten Augenblicke nur möglich im Bewusstsein der Endlichkeit alles Lebens, „sub specie aeternitatis" würde Kierkegaard sagen, im Angesicht der Ewigkeit.

Hungerkrähe

An diesem Abend des zwölften Monats in der Pandemie ist ihr Herz eine Hungerkrähe. Ruhelos pendelt sie zwischen Schreibtisch und Balkonstuhl, schiebt sich zum wiederholten Male Pralinen in den Mund, ruft Freundinnen an, ärgert sich über die Besetztzeichen oder den automatischen Anrufbeantworter. Sie scheint allein auf der Welt zu sein. Niemand ist erreichbar, niemand will sie erreichen, niemand erinnert sich an sie – so schmollt sie vor sich hin. Also wirft sie sich die Fleecejacke über und macht sich zur Spazierrunde auf den Weg.

Beim Gehen umschmeichelt der weiche Ärmelstoff ihre nackten Arme und der seidene Schal legt sich leicht und zart um ihren Hals. Als sie die sanften Berührungen spürt, weiß sie auf einmal, was sie so missmutig macht. Sie sehnt sich, sehnt sich mit allen Fasern ihres Herzens nach menschlicher Nähe, nach Zärtlichkeit, nach der Berührung einer liebevollen Hand. Doch sie schiebt diese Empfindungen weit weg, schilt sich eine emotionale Gans. Sie lebt doch schon seit Ewigkeiten als Single und ist in dieser Zeit doch ganz schön zurecht gekommen. Warum nun plötzlich sentimental werden? Ihre Wangenmuskeln spannen sich wie straff geblähte Segel. Nein, nicht weich werden! Was nicht sein kann, braucht nicht zu sein.

Aus einer Waldlichtung biegen zwei Menschen auf ihren Weg. Beide schon älter, beide Hand in Hand, beide bedächtigen Schrittes, sich gegenseitig führend und gegenseitig geführt werdend. Ein glückliches Lächeln spielt auf dem Gesicht der Frau und der Begleiter schaut beglückt zu ihr hin. Das ist zu viel für die einsame Spaziergängerin. Tränenbäche schießen ihr aus den Augen. Sie bückt sich wie zum Schuhe Nesteln, bis die zwei vorüber sind. Dann gibt sie sich hemmungslos ihren Tränen hin.

Als sie sich einigermaßen gefasst hat und ihren Weg fortsetzt, trottet ihr eine schwarze Bulldogge entgegen. Die Lefzen hängen griesgrämig zu beiden Seiten des Mauls herab, die Falten unter der breit gedrückten Nase und die halb geschlossenen Augenlider wecken Weltschmerzimpressionen. Der massige Körper wird durch den müde pendelnden Schwanz auch nicht anmutiger. Dem Tier schleicht ein müder, älterer Mann hinterher. Bei seinem Anblick kann sie nur mühsam ein plötzliches Lachen unterdrücken. Welch eine Ähnlichkeit zwischen Herr und Hund! Sie verbietet sich den Vergleich. Aber ihre Schritte sind etwas lebhafter geworden.

Zwei Frauen Arm in Arm kreuzen ihren Weg und lösen erneut Einsamkeitsgefühle aus. Eine der beiden Frauen grüßt mit einem freundlichen Lächeln. Das wirkt wie ein Signal auf sie. Hat sich ihr die Wirklichkeit denn total verzerrt? Wie läuft sie denn herum? Will sie etwa der Bulldogge gleichen? Ist sie denn überhaupt so einsam wie es ihr im Augenblick scheint? Hat sie nicht tausend Gefährten um sich? Natürlich geht sie allein durch den Wald, leibliche Gefährten sind gerade jetzt nicht zur Stelle. Aber hat sie nicht unsichtbare Begleiter im Kopf?

Sie beginnt eines ihrer Lieblingsgedichte vor sich hinzusprechen. Ein weiteres folgt. Sie kramt unermüdlich im Gedächtnis und fördert einen Schatz nach dem anderen ans Abendlicht. Wie lang verbundene Freunde umgeben die Gedichte unterschiedlichster Dichter sie auf dem Weg. Sie sprechen zu ihr und verbinden sie mit der wunderbaren Welt der Wortes und des Geistes. Als ihr Repertoire erschöpft ist, besingt sie in eigenen holprigen Worten den Abend, den Weg, ihre Gefühle und Empfindungen, Schatten und Licht ihres doch so reichen Lebens.

Mit elastischen Wiegeschritten tänzelt sie schließlich durch den unbeobachteten Weg. Dabei singt sie: „Hungerkrähe mach dich fort! Nachtigall, das ist dein Ort!"- immer und immer wieder wie einen alten, längst vergessenen Kinderreim. Als ihr eine betagte Frau mühsam gehend entgegen kommt, ruft sie dieser ein frohes „Guten Abend!" zu und der Wunsch kommt von Herzen, aus einem verwandelten, zufriedenen Herzen.

Frau und Alter – ein Dialog

Frau: Das ist unfair. Warum überfällst du mich so plötzlich, schleichst dich an und zeigst mir unvermutet dein fratzenhaftes Gesicht?

Alter: Ich begleite dich schon lange, eigentlich seit deiner Kindheit.

Frau: Aber ich habe dich nicht bemerkt.

Alter: Du hast mich nicht bemerken wollen.

Frau: Als Schatten habe ich dich vielleicht schon manchmal wahrgenommen.

Alter: Aber du hast mich nicht für wahr gehalten. Du hast mich immer weit weggeschubst. Je näher ich dir kam, umso vehementer hast du mich zu vertreiben versucht.

Frau: Ich will nicht, dass du in meiner Nähe bist.

Alter:Den Wunsch kann ich dir leider nicht erfüllen.

Frau: Warum nicht?

Alter: Weil ich zu deinem Leben gehöre, ja, du hast recht, ich bin so etwas wie dein Schatten. Übrigens gehöre ich zum Leben eines jeden Lebewesens.

Frau: Wir beide gehören also zusammen?

Alter So kann man das wohl nennen, wie zwei Brennpunkte einer Ellipse.

Frau: Ich sträube mich aber dagegen.

Alter: Warum?

Frau: Weil du ein Dieb bist.

Alter: Was nehme ich dir denn?

Frau: Meine Unbekümmertheit, meine Vitalität, die Schärfe meiner Sinne, meine Beweglichkeit, mein Aussehen, meine Lebensfreude ...

Alter: Halt, halt! Für alles bin ich nicht verantwortlich. Manches davon ist deine Sache.

Frau: Wieso?

Alter: Lebensfreude ist nicht an die Lebensjahre gebunden, sondern an deine Einstellung.

Frau: Erkläre mir das bitte.

Alter: Es kommt auf deine Lebensgestaltung an.

Frau: Wieso?

Alter: Du erstickst ja manchmal an deiner eigenen Routine. Brich doch einfach mal aus. Tu was Verrücktes. Erfülle dir, was dich schon immer gereizt hat.

Spüre deine geheimen Wünsche auf und versuche sie zu erfüllen.

Frau: Das rätst ausgerechnet DU mir?

Alter: Ja, ich schenk dir sogar eine Narrenkappe. Sie berechtigt dich zu allem Unfug, der dir einfällt und Freude macht.

Frau: Du meinst, dann spüre ich meine Lebendigkeit?

Alter: Du brauchst natürlich Humor dazu. Zwinkere dir doch mal selber zu.

Frau: Das habe ich schon erfahren, dass eine Portion Lachen über mich selbst auch schmerzliche Situationen entschärft.

Alter: Vieles wird leichter für dich.

Frau: Und mein Aussehen? Ich werde traurig, wenn ich in den Spiegel schaue und mit früher vergleiche.

Alter: Ja, Abschiede verlange ich dir schon ab; Abschied vom Idealbild der Jugend, dem Idealbild der gängigen Schönheitsvorstellungen, dem Idealbild der Mode ...

Frau: Also doch ein Dieb!

Alter: Nein, ich stehle nichts, ich tausche ein. Du bekommst etwas Anderes dafür. Schau dir die Falten in deinem Gesicht an. Geben diese Runen des gelebten Lebens ihm nicht etwas Unverwechselbares, etwas Einmaliges? Zeigen sie nicht deine Tapferkeit beim Bewältigen deiner Schwierigkeiten, deinen Lebenswillen, dein Durchhalten in all den Jahrzehnten?

Frau: So kann man es wohl auch sehen.

Alter: Es strahlt Erfahrung aus. Es ist ein Antlitz der Reife geworden.

Frau: Dein Ziel ist also Veränderung, die ich vielleicht gar nicht will?

Alter: Du schaust bloß von außen drauf. Ich kann nur die Hülle verändern. Für den Kern bist du verantwortlich; ihn kannst du jung erhalten bis zum Ende.

Frau: Dann muss ich dieses Antlitz lieben lernen!

Alter: Nicht nur das. Du kannst es gestalten. Durch deine Gedanken und Einstellungen formst du es. Du entscheidest, ob du den Griesgram spazieren tragen oder deinen inneren Glanz widerspiegeln willst.

Frau: Es kommt also auf unser beider Einverständnis an?

Alter: Jetzt beginnst du zu begreifen, dass ich, das Alter, eine Chance bin.

Frau: Ich habe aber Angst vor dir, wenn ich an die Endprodukte deiner Verwandlung denke, an die hinfälligen, Pflege bedürftigen, ohnmächtigen, auf fremde Hilfe angewiesenen, zu Karikaturen ihrer selbst gewordenen Greise und Greisinnen denke.

Alter: Ich verstehe dich. Krankheiten pfuschen mir zu oft ins Handwerk, verformen, was eigentlich gut und würdevoll gedacht ist.

Frau: Bei uns gilt ein Spruch: Alles wird am Ende gut. Und wenn es nicht gut ist, ist es noch nicht das Ende.

Alter: Ja, auch Banalitäten haben manchmal ihre tröstende Berechtigung. Doch vergiss nicht, dass vieles vom Erdenleid selbst verursacht ist. Eure Lebensweise, euer Umgang mit den Gegebenheiten der Schöpfung haben einen hohen Preis, den ihr nun zahlen müsst.

Frau: Also selber schuld an der Misere?

Alter: Zumindest ist die Zerstörung des Menschen nicht die Absicht des Alterns.

Frau: Sondern?

Alter: Die Veredelung, die Vollendung, der letzte Schliff an einem Kunstwerk.

Frau: Aber du erinnerst mich an meine Endlichkeit.

Alter: Sprich das harte Wort ruhig aus.

Frau: Ja, ich fürchte den Tod.

Alter: Das ist mehr als verständlich. Doch könnte dieser Gedanke dich nicht zu einem intensiveren Leben ermutigen? Noch bist du am Leben. Wenn du dir der Kostbarkeit dieses Daseins bewusst bist, wirst du auch achtsamer damit umgehen.

Frau: Du kannst Recht haben. Ich beobachte auch manchmal eine aufbrechende Lebensfreude und Lebenslust bei Menschen, die nur noch eine kurze Lebensspanne vor sich haben.

Alter: Das Universum in den kleinen Dingen zu entdecken, kann sehr spannend und erfüllend sein. Es lohnt sich, neugierig zu sein auf die Erkenntnisse dieser letzten Phase.

Frau: Schwellenerfahrungen nennt man das wohl.

Alter: Auch die eigene Lebensgestaltung intensiviert sich. Du weißt auf einmal, was wesentlich ist und was als schmückendes Beiwerk zur Seite gelegt werden kann.

Frau: Und doch verschweigst du mir, dass du sehr grausam sein kannst.

Alter: Du hast recht: die Endphase kann hart sein. Aber ist es gut für dich, dir im Vorhinein auszumalen, was alles kommen kann? Hättest du als Kind gewusst, was in deinem Leben auf dich zukommen würde, wärest du vermutlich nie erwachsen geworden. Ist es nicht gut, dass ein gnädiger Vorhang die Zukunft verhängt?

Frau: Dann kann ich nichts zur Vorbereitung tun?

Alter: Übe dich im Loslassen. Lebe in vollen Zügen und bleibe neugierig auf das, was kommt.

Frau: Ich möchte Freundschaft mit dir schließen.

Alter: Das ist ein guter Anfang!

Amsel oder Krähe

Eine Ahnung von Frühling liegt in der Luft. Büschelweise schmücken Primeln die Wiese. Forsythien protzen mit gelber Blütenfülle. Die vornehmen Magnolien bereiten ihren phänomenalen Auftritt vor. Sie lassen ihre Knospen verheißungsvoll schwellen und färben sie mit zartem Rosa ein.

Auch die Spaziergängerin lässt sich von diesem Erwachen aus der Winterstarre anstecken. Tief saugt sie den Duft nach Erde und Frische in sich ein. Nur das unaufhörliche heisere Krächzen einer Krähe stört sie. Es erinnert sie zu sehr an das überstandene Wintergrau und hat in seiner schnarrenden Monotonie etwas Unschönes, Misslungenes, ja Unerlöstes an sich. Da klingt das Amseltirili hoffnungsvoller.

Beim näheren Hinhören erkennt sie so etwas wie ein Zwiegezwitscher. Kunstvoll setzt die Amsel ihre Triller und Tonfolgen ab und es scheint, als versuche die Krähe eine Imitation. Wieder und wieder erklingt dieses dialogische Spiel. „Die Krähe hat Gesangsstunde bei der Amsel", schießt es ihr durch den Kopf. Das schmucklose schwarze Vogeltier will vermutlich seine Attraktivität durch ein klangvolleres Singen aufbessern. Mit unermüdlichem Einsatz krächzt es gegen den Amselgesang an.

Gar zu gern hätte sie gewusst, was in den zwei Vogelhirnen vor sich geht. Könnte es nicht auch sein, dass die Amsel den durchdringenderen Schrei der Krähe erlernen will, um sich besser durchsetzen zu können? Sie bleibt stehen und lauscht den scheinbar widerstreitenden Vogelstimmen. Sie schaut dabei auf die bunt getupfte Wiese. Mitten drin steht ein noch kahler Obstbaum, der merkwürdig schwarz im frischen Grün wirkt. Aber ist es nicht gerade dieser Gegensatz, der dem Bild seine Prägnanz gibt? Was wäre der starre Baum ohne die weich wogende Wiese? Oder die Blütenpracht ohne den verlässlichen Halt des Geästs, das zart Zerbrechliche ohne das Stabile? Beides gehört zusammen, ergänzt sich, gibt Tiefe und Schärfe.

Sie hört die zwei Vogelstimmen nun ebenfalls im Einklang. Zum überschäumenden Tirilieren gehört das tonlos schwere Schnarren. Wie im Orchester, denkt sie. Erst das gegensätzliche Zusammenspiel ergibt den vollen Klang. Jin und Jang als notwendige Gegensätze, die die Vielfalt des Daseins ausmachen. Und sie selbst? Ist sie Krähe oder Amsel, Blüte oder Stamm? Nachdenklich setzt sie ihren Weg fort und weiß auf einmal, dass die Frage falsch gestellt ist. Das „Oder" ist nicht gerechtfertigt. Beides ist doch auch in ihr lebendig. Winterlastiges beschwert sie oft und zwingt sie zu krächzendem Schleppgang. Doch auch die überbordende Leichtigkeit und tirilierende Lebenslust haben einen festen Platz in ihrem Gemüt. Auf keine der beiden Regungen wollte sie verzichten. Beides miteinander macht die Plastizität ihres Lebens aus und sie ist dankbar, Teil eines gelungenen Ganzen zu sein.

Zwiesprache mit RömerInnen

Sie ist zum ersten Mal in der Münchner Glyptothek. Der massige Bau irritiert sie; die Propyläen sind von Autos umbrandet. In der Verlängerung der Straße ragt der Obelisk auf, den Napoleon in Ägypten erbeutet hatte, die neoklassizistische Fassade der Antikensammlung zeugt vom Baueifer und Elan des Maximilian von Bayern. Schade, dass der Eingang seitlich liegt; mit welch erhabenem Gefühl wäre sie sonst durch die mindestens zehn Meter hohe Tür geschritten! Die schlichten Räume im Inneren stehen in krassem Gegensatz zu der äußeren Monumentalität. Sie legt die Garderobe ab und folgt dem Pfeil „Rundgang". Eine Horde von Kunststudenten belebt die Ausstellung mit dröhnendem Geschnatter. Sie flieht in die abgelegeneren Hallen.

Unversehens steht sie im „Römischen Raum". Auf mannshohen Sockeln thronen unterschiedlichste Marmorköpfe. Eine zweitausendjährige Geschichte wird lebendig und bekommt im wahrsten Sinne des Wortes ein Gesicht.

Sie nähert sich von hinten den einzelnen Köpfen, bewundert die Haartracht:

In kunstvoll aufgesteckten Frisuren oder durch Zöpfe gebändigte Haarfülle präsentieren sich die lebensgroßen Büsten, in kurzen Locken oder in wallendem Gestus, brav zurückgesteckt oder wild flatternd, je nach Alter,

Temperament und Stand gestaltet. In kühlen Stein gemeißelt zeigen sie eine fast beängstigende Lebendigkeit.

Sie wird neugierig auf die Gesichter. Sie sieht sich überwiegend vielen Männern gegenüber, Männern jeden Alters: vom jünglinghaften Knaben bis zum würdigen Greis. Glatte Wangen wechseln mit behaarten ab, kurze Bärte umrahmen neben wallendem Gesichtshaar das Antlitz. Tiefe Gesichtsfurchen zeugen von einem sorgenvollen Leben; Gram verzerrte Züge offenbaren erlebtes Leid. Eine herrische Kopfwendung spricht von Energie und Despotismus. Deutet dieses Neigen des Hauptes auf verlorenen Kampf? Könnten die Münder vom erfahrenen Schicksal erzählen? Schmollende Lippen, trotzig aufgeworfene, leicht zusammen gelegte – sie alle wirken erzählbereit, so als wollten sie sich öffnen und vom erlittenen Ergehen berichten. Und was soll die Andeutung eines Lächelns besagen? War der Träger dieser Gesichtszüge fähig, dem Geschick eine heitere Seite abzugewinnen? Oder hatte er Grund zum Lächeln, weil er auf der Sonnenseite des Lebens gewohnt hat? Die Nasen sind größtenteils verloren gegangen. Doch wo sie erhalten sind, geben sie dem Gesicht ein markantes, individuelles Aussehen.

Wie lebendig diese lebensgroßen Häupter wirken und doch wie seltsam entrückt, ja tot! Woher rührt diese Entdeckung? Es sind wohl die Augen, diese wohlgeformten, doch so Blick losen Augen. Kein Funkeln, kein Aufleuchten, keine Bewegung, kein Strahlen ist wahrzunehmen. In starrer Leere verharren die Augäpfel. Der kalte Stein verdammt sie zu Reglosigkeit. Obwohl das Antlitz dem Betrachter zugewandt ist, verweigert sich der Blick, tritt mit keiner Miene aus der Unpersönlichkeit heraus. Die toten Augen hüten das Geheimnis ihres Lebens.

Nur ein Gesicht tritt aus der Anonymität heraus, ein stolz erhobenes und dennoch traurig schönes Frauenantlitz. Kunstvoll um den Kopf geflochtene Zöpfe mit eingesteckten Schmucksteinen verraten edle Herkunft. Doch ein bitter verschlossener Mund scheint tiefes Leid erfahren zu haben. Neben ihr ein unschuldig wirkendes Kinderköpfchen, der Sohn der schönen Mutter. Ein Schild weist ihn als den neunjährigen Caesare Gestus aus, der von seinem Bruder Caracalla ermordet und dem Vergessen übergeben wurde. Kein einziges Bildnis von ihm durfte der Nachwelt erhalten bleiben. Nur dieses zarte, rührend tapfere Kinderköpfchen entging der Zerstörungswut des Bruders. Nun darf es wenigstens in der Nähe der Mutter von seinem schweren Schicksal künden.

Und du, schöner Frauenmund, was könntest du erzählen, wenn du sprechen könntest? Welch ein Leid würde in deinen Worten Gestalt annehmen? Was befähigte dich, dennoch dein Haupt so aufrecht zu halten? Was war die Quelle deiner Stärke zu dieser stolzen Gebärde?

Lange steht sie vor diesem Frauenantlitz, vor dieser schweigenden Persönlichkeit. Ein starkes Gefühl der Verbundenheit verbindet sie mit dieser Frau, die vor zweitausendzweihundert Jahren ihrem Schicksal getrotzt hatte. Ist es das unvergänglich Weibliche, die Mutterschaft, die sie verbindet? Oder ist es die Kraft, die in jeder Frau zu finden ist, die ihr Los tapfer und selbstbewusst auf sich nimmt? Oder ist es die Leidensfähigkeit, die zwischen

Frauen über Jahrtausende hinweg eine unvergängliche Brücke wachsen lässt?

Auch auf dem Weiterweg setzt sie den Dialog mit dieser unbekannten und doch verwandten Frau fort, über die Erfahrung staunend, dass Jahrtausende ein Nichts sind, wenn sich Herzen begegnen.

Vier Uhr nachts

Ist es ein Albtraum oder das leidige Herz? Sie schreckt aus dem Schlaf und sitzt schwer atmend auf der Bettkante. Ein Blick auf den Wecker: vier Uhr. Noch zeigt sich kein Morgenstreif im Fenster. Sie wirft sich den Bademantel über und tritt auf den Balkon. Würzige Frühjahrsluft umfängt sie. Es ist so still, dass sie das Pochen ihres Herzens als Störung empfindet. Die Nachbarskatze schleicht lauernd um die Hausecke. Ein scheuer Blick zu ihr und ein furchtsames Wegducken – alles still wie zuvor.

Am Ende der Straße bewegt sich etwas. Weiße Sohlen leuchten auf dem schwarzen Asphalt. Zwei helle Räder rollen hinter den Sohlen her. Langsam zeichnet sich die Silhouette eines Menschen ab. Eine dunkle Pudelmütze bedeckt seinen Kopf, ausgebeulte Hosenbeine zeugen von Arbeit, nur die Turnschuhe scheinen neu zu sein. Entschlossen setzt er seine Schritte, vornüber gebeugt und etwas Schweres hinter sich herziehend. Weiße Rechtecke deuten auf Zeitungsstapel, die auf einen Trolley geschichtet sind. Bei jedem Hauseingang bleibt er stehen, deponiert seinen Wagen senkrecht am Straßenrand, entnimmt einige Zeitungen, tappt zu den Briefkästen und lässt mit einem leisen Plopp das Papierbündel in den Schlitz fallen. Ein metallisches Klicken der zufallenden Klappe signalisiert das Ende seiner Aktion. Mit einem gekonnten Tritt gegen das Unterteil seines Wägelchens bringt er sein Gefährt in die Schräge und schleppt es zum nächsten Halt. Wieder der gleiche Ablauf, roboterhaft, routiniert, wie in einem Stummfilm. An manchen Hauseingängen betätigt er den Lichtschalter. Für kurze Minuten leuchten Lichtstrahlen in die Dunkelheit und erhellen das Pflaster mit dem blau-weißen Karren, der Gestalt des alten Mannes mit dem unrasierten Gesicht, den Vorgärten mit Blumen und Pflanzkübeln.

Nach kurzer Zeit verschluckt die Nacht den Mann. Nur seine weißen Sohlen und die hellen Räder verraten seinen Weg. Alles ist still wie zuvor. Die Katze trägt mit stolz erhobenem Schwanz ihre zappelnde Jagdbeute nachhause. Ein kleiner Lichtstreifen am Horizont kündet den Anbruch des neuen Tages. Jäh wird die Stille durch den Ruf einer Amsel durchschnitten. Erst zaghaft, dann volltönend kollert sie ihre Morgenmelodie, obwohl die Sterne noch am Firmament stehen.

Sie tritt ins Zimmer zurück. „Die Sterne steh'n vollzählig überm Land" rezitiert sie eins ihrer Lieblingsgedichte und fühlt sich hineingenommen in die Einheit von Kosmos und Menschenwelt.

Sie räumt aus

Ächzend lässt sie sich auf dem Boden vor ihrem Sekretär nieder. Sie will die untersten Fächer ausräumen. Hier lagern seit Jahrzehnten alle Erinnerungsstücke, die sich im Laufe von 75 Jahren angesammelt haben. Lange hat sie sich um diese Aufgabe gedrückt als fürchtete sie, vom Erinnerungsschrott überrollt zu werden.

Als erstes rieseln ihr aus einem zusammengewickelten Tuch braune Staubkrümel entgegen. Ach ja, eine ungebrannte Tonfigur sollte hier den Verfall überdauern. Sie hält nur noch traurige Überreste in der Hand. Das war einmal ein sich eng umschlingendes Liebespaar. In ihren Jungmädchenjahren hatte sie alle Inbrunst und Sehnsucht in diese Figurengruppe gearbeitet.

Als blutjunges Mädchen wurde sie in einer Ausstellung – das war doch die Ida Kerkovius! – von einem wesentlich älteren Mann angesprochen und zu einem ersten Rendezvous überredet. In der Tanzstunde konnte sie mit den gleichaltrigen Buben nichts anfangen und so entbrannte sie lichterloh. Wie ein Taifun überrollte sie diese Begegnung. In ihren widersprüchlichen Regungen klammerte sie sich an ein Gedicht von Agnes Miegel: „Untergang der Stadt Ys!". Besonders zwei Zeilen über die jungfräuliche Königstochter trafen ihre Gefühlslage „... die in Todesangst und Wollust bebte und die Augen schloss bei seinem Nah'n!".

Es war damals nicht zum Untergang in der Realität gekommen. Stattdessen verabschiedete sich der Gentleman mit dem ihr unverständlichen Satz: „Schlafende Prinzessinnen soll man nicht wecken!". Sie hatte ihre Enttäuschung, ihren Zorn und ihren Schmerz in schmachtende Gedichte und expressive Tonfiguren gekleidet. Die Klagelieder hatte sie irgendwann zerrissen und die Schnipsel verbrannt. Nun war auch das letzte Relikt dieses Schmerzes zu Staub zerfallen.

Sie nahm die Brösel in die Hand und blies sie in den Garten hinaus. Auch das Tuch schüttelte sie mit kräftigen Schlägen aus und entsorgte es im Wäschekorb. Sic transit gloria mundi – so vergeht der Glanz der Welt! Ob es ihr mit den anderen Hinterlassenschaften ähnlich gehen würde?

Sorgfältig in verblichenes Seidenpapier gewickelt fällt ihr ein dünnes Heft in die Hand. Es ist mit hellem Tapetenpapier beklebt und handgeschriebene Buchstaben verraten den Zweck: POESIEALBUM. Die heiß geliebte Oma hatte es in der Nachkriegszeit aus einfachsten Materialien gebastelt: raues Holzfaserpapier in einem beklebten Pappeinband wird durch eine gedrehte Kordel zusammen gehalten. Bunte gemalte Blumengirlanden umranken auf der ersten Seite ihren eigenen Namen. Auf das erste Blatt hat die Oma in ihrer feinen Süterlinschrift ihren Rat, auf Gott zu vertrauen geschrieben und mit bunten Blumen verziert. Dann folgen die Lebensempfehlungen der Eltern, Geschwister und Tanten, bevor die Einträge der Lehrerin und der Freundinnen folgen. Worte, Namen, vergessene Gesichter tauchen aus der Vergessenheit auf.

Der Zeitgeist leuchtet grell auf in Versen wie dem: „Vor allem eins, mein Kind, sei treu und wahr. Lass nie die Lüge deinen Mund entweihn. Von Alters her im deutschen Volke war, der höchste Ruhm, getreu und wahr zu sein!". Sie schüttelt sich.

Wer das 1948 geschrieben hat, ist vergessen. Die Seele hat bereits entrümpelt und ausgeschieden, was nicht des Erinnerns wert schien. Ausgelöscht ist vieles aus dem Gedächtnis, geblieben aber ein wehes Gefühl, denn alle diese Worte sind Abschiedsworte für das Kind damals, das durch Krieg und Flucht seine Heimat verloren hatte. Sie legt das Album zur Seite. Gut, dass diese Zeit vergangen ist. Sie findet in die Realität zurück.

Schwiegermutter – schwäbisch

„Ich möchte Sie nun endlich meiner Mutter vorstellen. Wir sind auf Sonntag zu ihr eingeladen. Können Sie es möglich machen? Und nebenbei: Ich möchte endlich mit Ihnen per Du sein. Aber das geht erst nach dem Besuch." Es verschlug ihr fast die Sprache ob dieses kompakten Konglomerats unterschiedlicher Botschaften. Sie hätte längere Zeit zum Sortieren dieser Gemengelage gebraucht. Aber der Freund drängte: es war fünf Minuten vor sechs und um achtzehn Uhr hatte das tägliche Telefonat mit der verwitweten Mutter stattzufinden. So ließ sie sich überrumpeln und sagte zu.

Nach langer Zugfahrt in den hintersten Winkel der Schwäbischen Alb erklomm man makellos gekehrte Stäffele zum „Häusle" hinauf, wo die strenge Patriarchin mit einer noch ledigen Tochter residierte. Nach kurzem Klingeln stand sie der mittelalten Frau gegenüber. Ein gravitätisch vorragendes Kinn dominierte das bleiche Gesicht, die breite Nase und die strichschmalen Lippen bildeten eine gegensätzliche Allianz, die Augen blickten streng unter einer gekrausten Stirn hervor. Bevor der Herzenssohn seine Freundin vorstellen konnte, zischte der Mund: „Grüß Gott, Bubele. So, des isch se also. Oine von dahobe wär mer liabr gwä. Na kommet Se halt rei!" Hier spricht man Klartext, dachte sie verblüfft. Ein Fluchtimpuls rückwärts die Treppe hinunter scheiterte am Auftauchen der Schwester aus dem Dunkel des Flurs. Als sparsame Schwaben verschwendet man tagsüber ja kein elektrisches Licht! Ein freundliches, etwas abgehärmtes Gesicht und eine ausgestreckte Hand mit einem herzlichen „Grüß Gott, ihr zwei Beiden" hoben die Temperatur ein wenig über den Nullpunkt. Der Blumenstrauß wurde mit einem barschen: „Da, stecks en a Vas nei" an die Tochter weitergegeben.

Dann ging es direkt zur Sache. „Hend Se en Schurz midbrochd?" Auf ein ratloses Schulterzucker kam: „Na nemmet Se halt den da!" Eine bunt gemusterte, am Haken hängende Kittelschürze wurde über ihr festliches Kleid gehängt. Ein Geruch von schwäbischem Fleiß und redlichem Schweiß überdeckte ihr eigenes Parfüm und umhüllte sie wie eine drohende Ahnung. „Soll ich mir ein Kopftuch umbinden?" wagte sie schüchtern zu äußern, denn die Verwandlung in eine biedere Hausfrau ließ sie nun doch neugierig werden. Auf diese Dekoration wurde gnädig verzichtet.

Sie wurde in eine pieksaubere Küche geführt. Auf dem Küchentisch prangte in einer blitzenden Cromarganschüssel eine Teigmasse, flankiert von rätselhaften Werkzeugen. Ihr wurde ein abgeschrägtes Holzbrett in die linke Hand gedrückt. „Dr Daume muess da nei!", deutete die selbsternannte Hauswirtschaftslehrerin auf das Loch im Griff des Brettes. Also waren die vier anderen Finger unter dem Brett vermutlich zum Stützen desselben bestimmt. Die rechte Hand bekam die „Schärre" zu halten – ein spachtelähnliches Metall mit Holzleiste am oberen Ende. „So, jetzt werdet Schbätzle gschabt!" Ein Teigbatzen wurde auf ihr Brett gehäuft und sie an den Herd geführt.

Ein ebenfalls polierter Cromargantiegel gab blubbernde Geräusche von sich. Der Deckel wurde geöffnet und riesige Dampfschwaden drängten befreit hervor, sodass sie erschreckt zurückwich. Sie schaute ängstlich in das brodelnde Wasser, dessen Spritzer respektvolle Distanz forderten. Doch zwei schwielige Hände legten sich um ihre Hände und führten sie über den Rand des heißen Kraters. Das Brett hing halb über dem Topf, das Schabmesser glitt kurz ins siedende Wasser und zurück über das Brett, sodass eine nasse Bahn entstand. Die Schärre walzte die vordere Teigmasse platt und schnitt beim Rückwärtsgang winzige Spalten des Teiges ab, die energisch ins siedende Wasser geschoben wurden, wo sie alsbald nach kurzem Versinken in verfestigter Gestalt auftauchten.

Lange konnte sie dem Schauspiel nicht nachsinnen, denn die zwei Hände führten zu immer schnelleren Bewegungen. „So, jetzetle dähn Se's alloi." Unter den argwöhnischen Augen der alten Dame beförderte sie im Zeitlupentempo ein Teigröllchen nach dem anderen in den Wasserkrater, der sich mit regenwurmartigen Gebilden mehr und mehr füllte. Das Rausfischen und Abschrecken im kalten Wasser besorgte die Chefin allein.

Endlich durfte sie die Geräte aus der Hand legen und sich der Montur entledigen. Der Wasserdampf hatte die kunstvoll gestylten Haare wie einen nassen Waschlappen an die Stirn geklatscht. Die Hände glühten von der ungewohnten Hitze des Kochwassers. Im Herzen bohrte die Frage, ob sie die Probe wohl bestanden hatte.

Bald saß man am vorbildlich gedeckten Tisch in der guten Stube, die etwas ausgekühlt erschien. Das Silberbesteck war perfekt geputzt, die Servietten mit auffälligem Monogramm waren gestärkt und kunstvoll gefaltet, die Weingläser aus Kristall. Die wackre Hausfrau hatte bereits Hähnchen in Tomatensoße mit Sauerkraut vorbereitet. Der Gast verkniff sich friedlicherweise die Frage, ob die Zusammenstellung aus dem Kochbuch der Witwe Bolte stammte, die schon Max und Moritz begeistert hatte. Die Spatzen – Spätzle wäre unpassend gewesen – hatten eine Schmelze verpasst bekommen und prangten vorwurfsvoll als unrühmliche Erstlingsspeise auf der Platte. „Dui misset dünner werre" war als bissiger Kommentar zu hören. Sie wusste ja schon, dass man hier kein Blatt vor den Mund nahm. Zum ersten Mal meldete sich Bubele zu Wort: „Mir schmegget se aber". „Sieh da, sieh da, der perfekt schriftdeutsch sprechende Freund pflegt zuhause Dialekt und steht ganz schön unter der Fuchtel der alten Dame". Die Schwester pflichtete ihrem Bruder bei, was beiden einen vernichtenden Blick der Mutter einbrachte.

Es sollte noch besser kommen. „S' Berthäle ka fei Schbätzle schabe", schnarrte die kompromisslose Hausfrauenstimme. „Ihr Mueder ond i hent ausg'macht, dass ihr euch nemmet! Was hoscht gega sia?" – „Nix wia älles!" war die lakonische Antwort des Sohnes. Aha, es gab also eine Anwärterin auf den Ehering, den die zwei Mütter zusammen geschmiedet hatten und „,s Berthäle" war wohl eine favorisierte Hausfrauenperle für den Sohn. Dieser Dialog wiederholte sich in Variationen noch einige Male wie eine Schallplatte mit Sprung. Ein heimlicher

Blickkontakt mit der Schwester unter dem Hauch eines verschwörerischen Lächelns knüpfte ein erstes Band zwischen den beiden jungen Frauen.

Nach endlos erscheinenden Stunden saß man wieder im Zug. „Nun haben Sie mal einen schwäbischen Haushalt kennengelernt. Die Schwaben sagen, was sie denken. Manchmal dauert es etwas, bis man ihr Herz gewinnt", war der Kommentar des wieder in einen Mann verwandelten Kronsohnes. Das hatte sie gemerkt. Und doch könnte es sicher nichts schaden, für alle Fälle etwas Arsen im Haus oder in der Handtasche zu haben. Vermutlich wäre eine doppelte Portion angebracht, denn vielleicht können manche Schwiegermütter ja nicht nur direkt sondern auch ein bisschen zählebig sein.

Quellwasser

Selbstvergessen schlendert sie durch den Wald. Sie lässt sich treiben, spürt der Sommerhitze nach, wischt sich Schweißtröpfchen von der Stirn und empfindet Dankbarkeit: Danke, ihr kleinen Tröpfchen, für die Linderung. Sie hört ein silbernes Klingen und lauscht erstaunt. Ein feines Plätschern lässt sich vernehmen. Zart wie Spinnweb, denkt sie. Suchend blickt sie in die Runde und entdeckt ein feines Rinnsal, das sich am Moos bewachsenen Hang durchs Gestein zwängt. Wie ein kleines Wunder tritt es aus dem harten Fels hervor. Weich und hart in Harmonie, vereinte Gegensätze, kommt es ihr in den Sinn. Wenn es das in der wilden Natur gibt, warum ist das nicht auch zwischen Menschen möglich? Sie kniet sich auf den Waldboden und hält beide Hände an den Mund des Quellchens. Kühl und wie liebkosend rinnt es über ihre Haut und löst einen sanften Schauer aus. Rilke fällt ihr ein: „O Brunnenmund, du gebender …". Still lauscht sie der Sprache des Wassers, das auch in ihr einen wortlosen Dialog auslöst. Sie ist eingebunden in die Wunder der Natur.

Dank an mein Lieblingsstück

Wer mich kennt, weiß, dass du mein unzertrennlicher Begleiter geworden bist. Als ich dich unter vielen anderen entdeckte, war es Liebe auf den ersten Blick. In deiner zurückhaltenden Schlichtheit passt du zu mir. Du warst und bist ja nicht gerade ein Frauenknüller, bei dem die Damenwelt schwach wird. Doch ich fand dich einfach toll. Ich ahnte, dass ich mit dir durch Dick und Dünn wandern könnte. Und so geschah es dann ja auch. Du hast mir stets den Rücken gestärkt und Leichtes wie Schweres in dich aufgenommen und mir tragen geholfen.

Nun bist du in die Jahre gekommen, mein treuer Begleiter. Man sieht es dir an, dass du Mühe hast, deine Aufgaben zu erfüllen. Unser gemeinsames Leben hat Spuren hinterlassen. Man hat mir vorausgesagt, dass du langlebig sein würdest. Doch dein jetziges Alter hat alle Erwartungen übertroffen. Äußerlich gesehen hat dir so manche Verjüngungsprozedur gut getan. Doch wie es in dir nun aussieht, bleibt unser beider Geheimnis.

Ich schätze es sehr, dass du in vielen Lebenslagen mir nicht nur Sicherheit gibst, sondern auch ganz praktisch hilfst: Wenn es mir schlecht geht, hast du das passende Mittelchen parat. Will ich mich etwas schöner machen, präsentierst du mir auch geheime Unterstützung. Du trägst und duldest stumm meine Zumutungen und bist doch manchmal nahe daran zu platzen. Dafür vertraue ich dir so einiges an, was keiner ahnt und niemand weiß.

Auch verhinderst du so manches Chaos mit deiner durchstrukturierten Klarheit.

Zum Glück bist du nicht anspruchsvoll und ebenso unempfindlich gegen die Unbill des Wetters wie ich. Hat uns mal richtiges Unwetter erwischt, genügen dir ein paar Stunden Ruhe in der Wärme. Ich reibe dich dann liebevoll ein, bis du strahlst wie ein Honigkuchenpferdchen. Es wäre ein Albtraum, wenn ich dich verlöre oder du mir entrissen würdest. Auch wenn mich manchmal hämische Blicke treffen und böse Zungen zischeln, du seist zu alt für mich – ich bleibe dir treu, solange du durchhältst, mein liebes Rucksäckle.

Die Autorin

Regina Bailer wurde in Westpreußen geboren. Nach der Flucht vor den Russen 1945 verbrachte sie in Mecklenburg einen Teil ihrer Kindheit und übersiedelte später nach Stuttgart. Nach dem Abitur studierte sie Pädagogik und ging in den Schuldienst. Familienzeit unterbrach die Berufstätigkeit. Im Ruhestand studierte sie Vorderasiatische Archäologie und widmete sich der modernen Lyrik. 2017 veröffentlichte sie einen Zeitzeugenbericht zu ihrer Flucht.

novum VERLAG FÜR NEUAUTOREN

Der Verlag

„ *Wer aufhört
besser zu werden,
hat aufgehört
gut zu sein!*

Basierend auf diesem Motto ist es dem novum Verlag
ein Anliegen, neue Manuskripte aufzuspüren, zu ver-
öffentlichen und deren Autoren langfristig zu fördern.
Mittlerweile gilt der 1997 gegründete und mehrfach
prämierte Verlag als Spezialist für Neuautoren in
Deutschland, Österreich und der Schweiz.

**Für jedes neue Manuskript wird innerhalb
weniger Wochen eine kostenfreie, unverbind-
liche Lektorats-Prüfung erstellt.**

Weitere Informationen zum Verlag und
seinen Büchern finden Sie im Internet unter:

www.novumverlag.com

Der Verlag

**Wer aufhört
besser zu werden,
hat aufgehört
gut zu sein.**

...